超越者となったおっさんはマイペースに異世界を散策する1

ALPHALIGHT

神尾優
Kamio Yu

JN044720

アルファライト文庫

ティーナ
リックのパートナーで、大の魔法オタク。
ニーア
明るく活発な、ぼくっ娘《こ》妖精。隠《かく》し事は出来ないタイプ。
リック
森の中でヒイロと出会った、Dランク冒険者。
ヒイロ
本名・山田博《やまだひろし》。42歳。三つの最強スキルを与えられ、異世界に召喚《しょうかん》された。

主な登場人物
バーラット
SSランク冒険者。
隙《すき》あらば酒に
手を出す、困った
おっさん。
バリィ
レッグスパーティの
盗賊職。
ツンツン頭の
お調子者。
レッグス
若きAランク冒険者。
バーラットを強く
尊敬《そんけい》している。
リリィ
バリィの妹で、
ヒイロ推《お》しな
魔道士。
虫が苦手《にがて》。

第0話　はじまり

山田博《やまだひろし》四十二歳独身《どくしん》は今、非常に困惑《こんわく》していた。

（はて？　ここは何処《どこ》でしょうか）

博の記憶では、会社からマイカーで帰宅している途中であった筈《はず》なのに、今いるのは見渡す限り白一色の空間であった。

（どこかのテーマパークのアトラクション……いやいや、私は車で国道を走っていた筈です。テーマパークに来た覚えはありません……はっ！　まさか……私は事故を起こして死んでしまったのでしょうか？）

一瞬、脳裏《のうり》を不安がよぎるが、博はすぐに気を持ち直した。

（ふむ、だとしても問題はありませんねぇ。両親は既《すで》に他界《たかい》してますし、独身で家族もいない。今生《こんじょう》に特に未練もありませんし……）

死んだのなら仕方がないと、博はその場でゴロンと横になった。

（このまま、お迎《むか》えが来るまでゆっくりさせてもらいますか）

眠《ねむ》りにつこうと目を閉じようとした時、突然辺りに声が響《ひび》いた。

「なーんでおっさんがここに来るかな?」

その声に驚《おどろ》き、閉じかけた目を全開にした博の隣《となり》には、いつの間にか十歳くらいの金髪の男の子が立っていた。

「お迎え……ですか? いや〜、うちは仏教だった筈なんですけど、まさか天使様のお迎えとは……」

金髪の子供を天使と勘違《かんちが》いした博はそう言って、恐縮《きょうしゅく》しながら立ち上がる。

「いやいや、御足労《ごそくろう》をお掛けしました。では、連《つ》れて行ってもらえますか」

ニコニコと笑《え》みを浮かべてあの世への案内を頼《たの》んでくる博を見て、少年は大きくため息をついた。

「あのねぇ、おっさんはまだ死んでないよ」

「ほう、そうなんですか。では、これは夢……ですかねぇ」

「それも違う。ここは異世界レイムシアの神界《しんかい》だ」

「へっ……異世界? 神界?」

説明を聞き、ポカンとするおっさんに少年は苛立《いらだ》ちを募《つの》らせる。

「ああ、もう! だから地球の神には、この手の話に柔軟《じゅうなん》に対応出来る十代くらいの人間を頼むって言ってたのに! なんでこんなおっさんを寄越《よこ》すかな」

異世界の神であるこの少年は、自分の世界を救う為《ため》に十人程『勇者』を都合してもらうよう地球の神に頼んでいたのだが、その時に十代の若者をと注文を付けていた。

しかし、その『勇者』の中におっさんが一人紛《まぎ》れ込んでいたのだ。

「それはそれは、私のようなおじさんが来てしまって申し訳ありませんでした」

苛立ちを見せた年端《としは》も行かぬ少年の姿をした神に、博は何の躊躇《ちゅうちょ》もなく頭を下げる。

山田博四十二歳。高卒で今の会社に入社して二十四年、未だに平社員だった。

後から入ってくる後輩《こうはい》が次々と自分より肩書きが上になっていく中、博はいつしか新人にすら敬語で物腰柔《ものごしやわ》らかく接するようになっていた。後々、自分より上の立場になる者に悪印象を与えない為の処世術《しょせいじゅつ》である。

そんな敬語と低姿勢が完全に染《し》み付いてしまった博にとって、相手が子供だろうとそのスタイルで接することに何の抵抗も無い。

「はぁ～……いや、もういいよ」

博の低姿勢にすっかり怒気《どき》が薄れてしまった神は、投げやり気味《ぎみ》にそう呟《つぶや》いた。

「そうですか、それはよかった。しかし、異世界ですか……」

「ん？　おっさん、その手の知識があるの？」

「ええ、これでも二十歳くらいまではオタクと言われてたものです。いや～懐《なつ》かしい。あの頃は全財産を漫画やアニメ、ゲームなどにつぎ込んでましたねぇ～」

懐かしさに目を細める博に、神は光明《こうみょう》を見出《みいだ》す。

「へぇ～、じゃあ、今の状況も理解出来てる？」

「はい、大体は」

「そうなんだ、だったらさっさと説明を始めるね」

すっかり機嫌《きげん》を直した神は、これ幸《さいわ》いと説明を開始する。

「まず、おっさんにこの世界に来てもらった理由なんだけど、最近調子に乗って好き放題やってる魔族どもを大人《おとな》しくさせて欲しいんだよね」

「ほう……すると、立場的には勇者とか英雄ということですか？」

「なんだ、結構分かってるじゃん」

これならば面倒《めんどう》な説明を省《はぶ》けると、どんどん機嫌をよくする神に、博は疑問を投げかける。

「しかし、何で異世界から人を呼ぶんです？」

「う～ん、それなんだけどね。僕はこの世界の創造神なんだけど……」

「なんと！　神様でしたか！」

少年が神だという事実に驚き、博は慌《あわ》てて深々と頭を下げた。

「ああ、そんな敬《うやま》いはいいから……それでね、神が出来上がった自分の世界に干渉《かんしょう》することは、一応禁忌《きんき》になっているんだ」

「ほう、神様とはいえ、ままならないことがあるのですねぇ」

「全くだよ……でも、他の世界の住人である君達になら力を与えても問題は無い」

「なるほど。その為の召喚《しょうかん》ですか」

「そういうこと。いや～、一時はどうなることかと思ったけど、理解が早くて助かるわ」

「いやいや、恐縮です」

「それじゃ、神の加護《かご》もちゃちゃっとやっちゃうからね」

そう言うと神はパチンッと指を鳴らす。それと同時に博の周りに無数の白い紙が現れ、博の周りを回り始めた。

「その紙の中から三枚選んで。それがおっさんの力となるから」

「分かりました」

言うや否《いな》や、博は目の前を飛んでいた紙を三枚、無造作《むぞうさ》に摘《つま》む。

「おいおい、そんなにあっさり選んでいいのかい？　他の子達は慎重《しんちょう》に選んでたけど……」

「慎重に選んで、中身が分かる訳でもないでしょう。悩《なや》んで神様に余計な時間を取らせては悪いので」

「あっそ。変な気を使わせたみたいで悪いね」

言いながら再び神がパチンッと指を鳴らすと、博の手元にある三枚以外の紙が一瞬で消える。

「どれ、じゃあ、選んだ三枚を貰《もら》えるかな」

「はい、どうぞ」

博から渡された三枚の紙を見て、神は目を見張《みは》った。

「おいおい、なんてスキルだよ……無欲って怖《こわ》いねぇ」

「どんな力でした？」

楽しげに尋《たず》ねる博に、神は説明を始める。

「まずは、【一撃必殺《いちげきひっさつ》】。これは一回しか使えない使い捨てのスキルだけど、発動すればどれ程《ほど》の力量差がある相手でも一撃で殺せるスキルだ。次は【全魔法創造《ぜんまほうそうぞう》】。ＭＰの許す限りだけど、この世界のあらゆる魔法を使え、更《さら》に新しい魔法を生み出すことが出来る。超レアスキルだよ」

「ほう！　この世界には魔法があるのですか」

「あるよ、魔法は想像力。このスキルを持っていれば全属性使えるから、想像次第で色々な魔法を生み出せるよ。試《ため》してみて。そして、最後のが取得確率ほぼゼロの大当たり。【超越者《ちょうえつしゃ》】だよ」

「【超越者】？」

「そう。全てを超越する力を持つ可能性を秘めたスキルだよ。レベルが上がれば上がる程、とてつもない存在になっていく」

「なんか、化け物みたいですねぇ」

「はは、化け物の方が可愛《かわい》いかもね」

「なんですとぉ⁉」

驚愕《きょうがく》する博をよそに、神は三度指をパチンッと鳴らす。

それと同時に博の足元にポッカリと穴が空《あ》き、博は驚愕の表情そのままに落ちていった。

「ちょっと待ってください～～～～～～！　化け物とは一体～～～～～～～⁉」

何か叫びながら落ちて行く博を見下《みお》ろし、神は一人呟く。

「しっかし、【全魔法属性】の上位スキルである超レアの【全魔法創造】と、究極《きゅうきょく》の身体強化スキル【超越者】を同時に引くとはねぇ～。どんな化け物になることやら……あっ！　……落とす場所間違っちゃった……まっいいか」

第1話　湖に落とされて化け物に

「ノォ～～～～～～～～！」

バッシャーーーーン！

博は空高くから大きな湖に落とされた。

「はぁ、死ぬかと思いました」

湖に仰向《あおむ》けに浮きながら、博は空を見上げる。

一体どれ程の高さから落ちたのか確認したのだが、当然、落ちて来た場所が見える筈はない。

(ふぅ……ある程度以上の高さから水に落ちると、コンクリートに落ちるのと同じ衝撃《しょうげき》があると聞いたことがありますが、よくも無傷で助かったものです……しかし、ここは何処なんでしょうねぇ)

辺りを見渡すと、周りは緑の深い山々に囲まれ、一部分のみ湖岸《こがん》が平地になっていた。

(とりあえず、あそこを目指しますか)

博は唯一湖から上がれそうな平地になっている岸を目指し泳ぎ始めた。しかし、二十メートル程泳いだところで息が切れ、身体《からだ》が重くなってくる。

(これはきつい！　就職《しゅうしょく》してから運動らしい運動はしてませんでしたから、体力が持ちません)

湖岸まではまだ一キロ程あり、更に博の服装は着古《きふる》した背広だった。水を吸った背広は異様に重く、これでは泳ぎきれないと悟《さと》った博は、一旦《いったん》泳ぐのをやめて考える。

(これは……このまま泳いでも溺《おぼ》れる未来しか見えません。どうしたものでしょうか……)

そこまで考えて、博は神様の言葉を思い出す。

(そういえば、魔法を使えると言ってましたね。ＭＰの許す限りとのことでしたが……Ｍ

Pはどうやって確認するのでしょうか？）

博は長い間封印《ふういん》してきたオタク脳をフル回転させる。

（う〜む、MPと言えばやはりRPG《ロールプレイングゲーム》ですよね。思い出されるのはあの国民的なファンタジー的なやつあたりでしょうか……え〜と、確かHPとMPは戦闘中は勝手に画面に出てましたね……フィールドにいる時は……あっ！　ステータス画面を確認するんでした。しかし、異世界とはいえ現実にステータスなんてあるんですかねぇ）

半信半疑《はんしんはんぎ》な博だったが、物は試しとばかりに「ステータス！」と高《たか》らかに叫んでみた。

すると、目の前に半透明《はんとうめい》のアクリル板のような物が現れる。

名前：山田博《やまだひろし》　Lv1　状態：正常
HP　80／210　MP　300／300
体力　70　筋力　65
敏捷度《びんしょうど》　60　精神力　120
魔力　100
〈スキル〉
【一撃必殺（使い捨て）】【全魔法創造】【超越者《ちょうえつしゃ》】

「おお！　本当に出ました」

かつて捨てた筈のオタク心をくすぐられ、大いにはしゃぐ博だが、その下には巨大な影が近寄っていた。

（ん？　……随分《ずいぶん》と暗いような気がしますが……）

何かが影を作っているのかと博は空を見上げてみるも、影を作るような雲は無く、不思議に思いながら反転して湖の中を覗《のぞ》いてみた。

（んっ？　暗いというより黒いです……）

博の眼前《がんぜん》に広がるのは、青かった湖を侵食《しんしょく》するような黒い闇《やみ》。

それに言いようのない不安を感じるのと同時に、博の身体が周りの水ごと闇に引きずり込まれ始めた。

（これは！　非常にまずいのでは）

恐怖に駆《か》られ浮上しようと必死にもがくが、博は凄《すさ》まじい勢いで湖の底の闇へと吸い込まれる。

（ノォォォォ！　せっかく異世界に来たのに、こんな早く終わるなんてあんまりですぅぅぅう！）

血の涙でも流しそうな程に怨念《おんねん》のこもった心の叫びを上げつつ、博は闇の中へ呑《の》まれていった。

（ここは……何処でしょうか？）

気が付くと博は、暗闇《くらやみ》の中にいた。

（随分と柔らかい地面ですね、それにこの臭い）

手を突けば手の平が埋《う》まる程地面は柔らかく、しかも不快な湿り気《しめけ》がある。辺りには強烈《きょうれつ》なすえた臭いが充満《じゅうまん》していて、博はその臭いに耐えきれず、口と鼻を手で覆《おお》い口呼吸に切り替えた。

（この臭いは！　朝の飲み屋街周辺の道端《みちばた》でよく見かける、もんじゃ焼きに形容されるアレに近いです！）

アレを思い浮かべてしまい、こみ上げてくる吐き気と格闘しながら、何とか視界を確保出来ないかと思案《しあん》する。

（ふむ、明かりが欲しいですねぇ。明かり、明かり……確か、魔法は想像力でしたか）

神の言葉を思い出し、強烈な光を想像した。すると、頭の中にライトという言葉が浮かぶ。

「魔法といえばやっぱり英語ですね……ライト！」

四十二歳のおっさんが恥《は》ずかしげも無く叫んだ言葉に応じるように、直径十センチ程の光の玉が頭上に現れる。

「おお、これは素晴らし……いいっ!?」

ライトの光を満足げに見ていた博だったが、初めて魔法を使った感動は、周囲の異様な光景に打ち消される。魔法の光に照《て》らされた辺りの風景はそれほどにも悍《おぞ》ましかった。

そこは直径五メートル程の円形の部屋だったのだが、その壁《かべ》は赤黒い肉塊《にくかい》のような質感で波打《なみう》つように蠢《うごめ》いていたのだ。

「これは……人工物ではありませんね。むしろ生き物……痛《いた》っ!」

突然走った沁《し》みるような足の裏の痛みに視線を下に向けると、いつの間にか湧《わ》き出た謎《なぞ》の液体に靴《くつ》が浸《つ》かっていた。しかも、それに触《ふ》れている靴は、ジュワジュワと音を立てて溶《と》け始めている。

(これは酸《さん》……いいえ胃液ですか! ということはやはり……)

「ここは生き物の胃の中ですか～～!」

博の悲痛《ひつう》の叫びが胃の中に反響する。

「おおおお! このままでは溶かされて、んーこにされてしまいます! 何とかしなくては!」

溶かされないように足踏《あしぶ》みをしながら博は必死に考えるが、その間にも胃液の水位は徐々に上がってくる。その現状に博は苦渋《くじゅう》の選択を迫《せま》られる。

「うぐぐぐ、最強の奥の手だと思っていたのですが、まさか異世界に来て三十分もしない内に使う羽目《はめ》になるとは！　しかし、背に腹はかえられません！　【一撃必殺】を使用します！」

博の宣言に答えるように、博の右手が光り出した。

「おおお！　これは……」

光り輝く右手を見て、博の脳裏に懐かしきある情景が浮かぶ。

博はニヤリと笑うと足踏みをやめ拳《こぶし》を構え、目の前の胃壁《いへき》を見据《みす》えた。そして――

「私のこの拳が光って疼《うず》きます！　勝利を捥《も》ぎ取れと響き渡ります！」

オタク魂《だましい》を取り戻した博は、誰もいないのをいいことに、かつて熱中していたアニメの決め台詞《ぜりふ》を恥ずかしげも無く叫び出す。

「喰《く》らえぇぇぇぇ！　必殺のぉぉぉぉ！『シャアアイニングナッコォォォォ！』」

叫びとともに繰《く》り出された博の必殺の拳が、目の前の胃壁に炸裂《さくれつ》する。

ドッゴォォォォォ！

およそパンチで出たとは思えない大音量の爆発音が響き渡り、目の前の胃壁が広範囲で弾《はじ》け飛ぶ。

「おおお！　凄《すご》い威力《いりょく》です！　流石《さすが》……でぇぇぇぇ！」

博の喜びの声は途中で悲鳴に変わる。

博の渾身《こんしん》の一撃は、胃壁どころか謎の巨大生物の腹を爆砕《ばくさい》していた。結果、胃袋の中に

大量の水が流れ込んできたのである。

「だぁぁぁぁ！　一難《いちなん》去ってまた一難ですか！　ドタバタ冒険活劇を自分で演じるのは勘弁《かんべん》ですぅぅぅ！」

博の叫びは水の中に呑まれる。彼は複雑な水流に振り回されながら、巨大生物の腹の中から湖の水面へと流されて行った。

「ガボボボ……プッハァ！」

博が水面に達し文字通り一息つくと、そのすぐに傍《そば》に、水面を荒《あ》らしながらエメラルドグリーンの巨大な蛇《へび》のような生き物が浮かび上がってきた。

「……何ですかこの生き物は……この世界にはこのような化け物がたくさんいるんですかねぇ……」

荒れる水面に胸から上を出した状態で巨大生物を呆然《ぼうぜん》と見つめながら、博がこの世界でのこれからの生活に不安を覚えていると、突然頭の中に声が響く。

〈レイドボス、エンペラーレイクサーペントの単独討伐《とうばつ》に成功しました〉

「この声は一体……というかレイドボス！」

レイドボス――通常は複数パーティで討伐《とうばつ》すべき高難易度《こうなんいど》のボス――と聞き、博の顔が青ざめる。

「いきなりレイドボスの棲《す》む湖に落とすなんて、神様は一体何を考えているんですか！」

神様に対して憤《いきどお》りを覚えていると、再び頭の中に声が響く。

〈レベルが上がりました〉

「おお、レベルアップですか」

博が喜んだのも束《つか》の間《ま》。

〈レベルが上がりました〉〈レベルが上がりました〉〈レベルが上がりました〉〈レベルが上がりました〉〈レベルが上がりました〉……

「……これ、いつまで続くのでしょう？」

エンドレスで続くレベルアップの知らせに、博は若干《じゃっかん》の不安を感じた。

そしてそのまま時は経《た》ち……

……〈レベルが上がりました〉〈レベルが上がりました〉〈レベルが上がりました〉

〈レベルが上がりました〉……

「いい加減《かげん》終わってくれないでしょうか？　ここまでくると拷問《ごうもん》ですよねぇ、これ」

湖に浮かび、かれこれ十五分以上レベルアップの知らせを聞き続けさせられ、うんざりを通り過ぎて無抵抗になりながら、博はひたすらこの拷問が終わるのを待っていた。

「大体、この声は何処から聞こえてくるのでしょうか？　異世界とはいえ、頭の中に知らない声が聞こえるなど、非常識にも程があります。これが女性の笑い声や悲鳴なら思いっきりホラーですよ」

レベルアップのお知らせに精神をやられないよう独《ひと》り言《ごと》に集中する博に、やっと安息《あんそく》の時がやって来る。

……〈レベルが上がりました〉〈レベルが上がりました〉〈レベルが上がりました〉

〈レベルが上がったことにより、【超越者】の能力が発動します〉

（おっ！　やっとレベルアップが終了しましたか）

レベルアップ終了に喜ぶ博に、衝撃の能力説明が開始される。

〈【超越者】の能力により、レベル×100の数値を能力値に加算します。尚《なお》、【超越者】による能力値の上昇は1パーセントから100パーセントの間で調整可能です〉

（……なんですと？　レベルの100倍の数値が能力値に加算されると聞こえたような……随分長い間レベルアップのお知らせを聞かされていましたけど、一体、私は今レベルいくつなんでしょう？）

不安に駆られ、博はステータスを確認する。

名前：山田博　Lv1223　状態：正常
HP　3672260／3672260
MP　3672275／3672275
体力　120（＋122300）　筋力　110（＋122300）
敏捷度　95　（＋122300）　精神力　150（＋122300）
魔力　125（＋122300）
〈スキル〉
【全魔法創造】【超越者】

そして同時に、それぞれのステータスが持つ意味についても、謎の声に告《つ》げられる。

〈体力は肉体強度および防御力を示し、ＨＰの最大値に関与します。筋力は力の数値、攻撃力を、敏捷度《びんしょうど》はスピード、体捌《たいさば》きの早さを示します。精神力は魔法の操作性、および魔法への抵抗力を示しています。魔力は、魔法攻撃力の高さを示し、ＭＰの最大値に関与します〉

次々と説明が頭の中に流れてきていた博だったが、その言葉はまったく耳に入っていなかった。

「なんじゃこりゃあ～⁉」

この世界でのステータスの平均を知らない博でも、この能力値の異常さは理解出来た。別の意味で。

（……このカッコ内の数値が【超越者】による能力値の加算分ですか……ということはこのカッコの前の数値が本来の能力値……）

「ありえるかー！」

博は力の限り叫んだ。

【超越者】の異常な能力値の底上げもさることながら、本来の能力値の上昇率の低さの方がより一層博を驚かせた。

（レベルが1200以上あがっているのに何ですかこの能力値は！　前の数値が一般的なおじさんの能力値だとすれば、今の状態はスポーツが得意なおじさんレベルじゃないんですか？　ありえないですよ！　勇者補正《ほせい》とか無いんですか？　もし【超越者】が無かったら私、三日と持たずに死んでますよ）

博の推測《すいそく》はある意味正しかった。この世界での二十歳前後の戦闘に従事《じゅうじ》しない男性の平均能力値は100。博の本来の能力値は、レベルが1223になったにもかかわらず、その平均値に毛が生《は》えた程度までしか上がらなかったのだ。

湖の上で、博は思いのままに悪態《あくたい》をつき続けた。

そして数分……悪態のレパートリーをあらかた出し尽《つ》くした博は、『まあ、【超越者】があるからよしとしますか』と気持ちをあっさりと切り替えて次なる問題へと目を向ける。

「う～んどうしましょうかねぇ、これ」

博の視線の先には、全長五十メートルを超《こ》すエンペラーレイクサーペントが腹に大穴を開けて浮いていた。

「ゲームだとお金やドロップアイテムになるんでしょうけど、まぁ、現実はこんなものですか。解体《かいたい》すればお金になるんでしょうか？」

博は自分が無一文《むいちもん》であることを心配しており、出来るなら金目《かねめ》の物は手に入れたいと思っていた。

「う～ん、ゲームだとこれもアイテムの一つとして持ち歩けるんでしょうけど、現実でこれをポケットにしまうのは無理がありますし……魔法で何とかならないでしょうか？」

そこで博が思い浮かべたのは、某《ぼう》国民アニメに出てくるロボットだった。

「理想はやはりアレですね。別空間に部屋を作るなんて手もありますが、部屋で目的の物を探《さが》す手間がかかりますから、サッと取り出せた方が便利です」

そのようなことを想像しながらエンペラーレイクサーペントに手を触れると、頭の中に声が流れる。


〈【全魔法創造】により、時空間魔法を創造します――創造完了しました〉


「……今ので新しい魔法が完成したのですか？」

半信半疑のまま、触れていたエンペラーレイクサーペントに時空間魔法を使ってみる博。するとと、博の眼前から巨大なその死体が一瞬で消え去った。

「おお！　一体何処に？」

博が驚いていると、博の頭の中に文字が浮かんできた。

収納内容
・エンペラーレイクサーペントの死体――1

「ほほぅ、どこか四次元的な空間に仕舞ったということでしょうか」
博が感心していると、再び文字が浮かんでくる。

――エンペラーレイクサーペントは解体が可能です。解体しますか？――

「ほう、ほう、そんなことまでしてくれるのですか。至《いた》れり尽くせりでありがたいです。ではイエスでお願いします」
博がお願いした瞬間、頭の中の収納一覧《いちらん》が一気に書き換《か》えられる。

収納内容
・エンペラーレイクサーペントの核《かく》――1
・エンペラーレイクサーペントの牙《きば》――2
・エンペラーレイクサーペントの目玉――2
・エンペラーレイクサーペントの鱗《うろこ》――1584２

・エンペラーレイクサーペントの肉――100トン
・エンペラーレイクサーペントの頭蓋骨《ずがいこつ》――1
…………

膨大《ぼうだい》な量のエンペラーレイクサーペントの素材が一覧に書き込まれていく。そして最後に――

――これらのアイテムは時間停止や時間を進めることが可能ですが、どうしますか？――


更なるトンデモ機能を確認してくる。

「そんなことまで出来るのですか……では、生物なので全て時間停止でお願いします」

自分で作っておきながら、その想定外の高性能っぷりに若干引いてしまった博だったが、収納内が腐《くさ》った物で溢《あふ》れる心配が無くなり、即決で時間停止をお願いする。

そして、全ての問題が解決した博は湖岸へと目を向けた。

「さて、陸を目指しますか」

気を取り直して湖岸を目指し、クロールの一かきをした博だったが――

「のおぉぉぉぉ！」

たった一かきで出た推進力《すいしんりょく》は、博の体をサーフィンの板よろしく物凄《ものすご》いスピードで水面を滑《すべ》らせる。

（これは一体何事です！）

バタ足をやめれば止まるのだろうが、周りの景色が線状に歪《ゆが》むような猛《もう》スピードの中、何が起こったのか分からない博は、そこまで考えが及《およ》ばないまま湖岸に辿《たど》り着く。しかし、その勢いは止まらず、陸地を十メートル程滑った後――

ゴンッ！

岩に頭をぶつけてやっと博は止まった。

「いたたた、頭頂部《とうちょうぶ》がヒリヒリします」

常人ならヒリヒリ程度で済む筈が無い激突《げきとつ》をしながら、博は大した怪我《けが》も無く岩に掴《つか》まりながら立ち上がったのだが――

ゴシャ！

「おお！　今度は何ですか？」

大きな音に驚き音がした岩を掴んでいた右手を見ると、握《にぎ》られた状態で岩の上に置かれていた。

「はい？」

岩を掴んだ筈の右手が、いつの間にか握られている。この不思議な現象に、博が小首を傾《かし》げながら握られた手を開いてみると、小石混じりの砂がサラサラと手の中から零《こぼ》れ落ちた。

「はあ？」

更に不思議に思いながら手が置かれていた部分を見れば、岩のその部分が半円状に抉《えぐ》れていた。そんな光景に一瞬呆然とした博だったが、ある想像に至ってブンブンと首を左右に振る。

「……いやいや、そんなはずは……」

そう言いつつ岩の別の部分を握ってみたが――

ゴシャ！

博の右手は大した抵抗も無く岩の一部を握り取っていた。しかも握り取った岩塊《がんかい》は、手の中で粉々《こなごな》に砕《くだ》け散《ち》っている。

博の頭の中で神様の言葉が思い出される。

『はは、化け物の方が可愛いかもね』

「……これは流石にまずいのではないですか」

博の頭の中に、人と握手《あくしゅ》をした瞬間、相手の手を握り潰《つぶ》してしまう映像が浮かんだ。

実際ありえる想像に、博の顔がみるみる青くなる。

「これは困りました。これでは迂闊《うかつ》に動くことも出来ない」

必死に解決策を模索《もさく》する博の脳裏に、【超越者】の能力が発動した時の説明が思い出される。

「そういえば、【超越者】の能力値は調整可能と言ってましたね。早速試してみますか」

博はステータスを開き、【超越者】の能力を1パーセントまで下げてみた。

名前：山田博　Lv1223　状態：正常
HP　367260／367260
MP　3672275／3672275
体力　120（＋1223）　筋力　110（＋1223）
敏捷度　95　（＋1223）　精神力　150（＋1223）
魔力　125（＋1223）
〈スキル〉
【全魔法創造】【超越者】
〈魔法〉
　時空間魔法

「HPとMPの数値は変わらないようですが、能力値は大分下がりましたね……しかし、能力値を100パーセントとか1パーセントとか、どこかで聞いたような会話ですね。その内100パーセント中の……とかやる機会があるのでしょうか？」

ひとまず能力値が下がったことへの安堵感《あんどかん》を覚えつつ、博は1パーセントの身体能力の確認の為に再び岩へと視線を向けた。

ゴガッ！

岩を無言で殴《なぐ》ってみた博は、砕けないことに満面の笑みを浮かべる。

「ふぅ、一時はどうなるかと思いましたが、これなら不用意な事故で死人を出すことは無いでしょう。後はモンスターか何かで力加減を練習出来ればいいのですが……」

言いながら見渡すと、湖岸の先には湖に沿《そ》うように道が伸《の》びており、その道の向こう側は鬱蒼《うっそう》とした森になっていた。

「なかなか雰囲気《ふんいき》のある森ですね。ロープレなどでは、こんな森を歩けばすぐにエンカウントするんですけどねぇ」

軽い口調《くちょう》で呟きながらのんびりと森の中に入っていく博。そうは言ってもそうそう敵に遭《あ》うことは無いだろうと高《たか》を括《くく》っての行動だったが……この後すぐに先程の言葉通り、敵と遭遇《そうぐう》することになるのだった。

「ぬおぉぉぉぉ！」

森に入って十歩も歩かぬ内に敵に遭遇した博は、森の中を爆走《ばくそう》していた。

「まさかこんなに早く敵に遭遇するとは！　エンカウント率が高すぎます。しかも最初の敵はスライムか小動物系と相場《そうば》が決まっているでしょうに、何故《なぜ》に最初っからこんな大物に遭遇するんですか⁉」

正確には最初の敵はレイドボスだったのだが、そんな事実はとっくの昔に無かったことにしている博は、現在、体長三メートルを超すゴールデンベアに追われていた。

ゴールデンベアは名前の通り全身の毛が金色の熊で、その毛先は鉄並みに硬《かた》く、この森の食物連鎖《れんさ》の頂点に立つ生物である。実はそのステータスは平均６００と【超越者】の能力を１パーセントに下げた博の半分以下なのだが、精神は普通のおっさんである博が熊に遭遇した恐怖に勝てるわけがなかった。

「うぬぬぬぬ……おわっ！」

全力疾走《しっそう》中に木の根に足を取られて転ぶ博。

ゴールデンベアは獲物《えもの》が転倒したことに喜び、掲《かか》げた両前足を博に叩《たた》きつけようとしたのだが、その攻撃が当たる前に博の破《やぶ》れかぶれの蹴《け》りが飛んでくる。

絶対的な防御力を誇《ほこ》るゴールデンベアからすれば弱者の放つ最後の悪あがき、いつもそうしているように相手の攻撃は無視して、攻撃を続行する。ところが博の蹴りがゴールデンベアの胸に当たった瞬間、ゴールデンベアは今まで味わったことの無い衝撃を受け、後方に吹き飛んだ。

破れかぶれで放った蹴りで、大きな金色の熊が三メートル程吹っ飛んだのを見て、博は呆然としてしまう。

「……蹴りでは岩を砕けそうです」

〈【超越者】の能力が発動しました。【格闘術《かくとうじゅつ》】をLv1で獲得しました〉

究極の身体強化スキルである【超越者】は、蹴りを一発放っただけで武術系スキルである【格闘術】を博に習得させた。

「ふむ、【超越者】はスキルまで覚えさせてくれるのですか」

新《あら》たな力を手に入れ調子に乗った博は、倒れているゴールデンベアに駆け寄り、渾身の拳を打ち下ろす。

ドゴッ！

元来の筋力に【格闘術】の攻撃補正が掛かった拳は、ゴールデンベアの急所《きゅうしょ》を打ち抜き、あっさりと絶命《ぜつめい》させた。

「ふぅー、何とか倒せました……って、力加減の練習をしなくてはいけないのに、なんで全力で殴ってるんですか私はー！」

当初の目的をすっかり忘れていたことに頭を抱《かか》えて後悔《こうかい》する博だったが、その博の願いに応えるように、森の奥からワラワラとゴールデンベアが大量に現れるのだった。

第2話　第一異世界人発見

「本当にこの森の中にあるの？」

「ああ、冒険者ギルドで銀貨五枚払って得た情報だ。間違いない」

黒いローブを纏《まと》った十五、六歳くらいの少女の放った問いに、皮鎧《かわよろい》を着た青年が得意そうに答える。

「でも、この森にはランクBのゴールデンベアが出るって話じゃない。Dランクの私達が入っても大丈夫なのかなぁ」

「心配ねえよ、ゴールデンベアなんて森の浅い所には出ないって」

ランクBとは冒険者ギルドが魔物やモンスターに付けたランクで、同ランクの冒険者三人と同等の戦闘力があるという目安になっている。

青年は心配無いと笑い飛ばしたが、実はそのゴールデンベアは彼等のすぐ近くにいた。

まあ、彼等を襲《おそ》える状態ではないのだが……

ドゴッ！

突然響いた鈍《にぶ》い音に、二人は瞬時に戦闘態勢に入る。Dランクとはいえ、それなりの実戦を経験してきた二人である。モンスターの出る森で異様な音を聞いて瞬時に対応出来ないようでは、冒険者は務《つと》まらない。

「何？　今の音」

「分からない……けど、こっちの方から聞こえたよな」

少女を庇《かば》うようにして音のした方を見据えていた青年は、抜いた剣を構えたまま、ゆっくりとそちらへと進んで行く。

そして彼等は目撃した。この森最強と言われるゴールデンベアが宙を舞うのを。

「何……あれ？」

「……ありえねぇ」

ゴールデンベアを確認し、咄嗟《とっさ》に近くの木の陰《かげ》に隠《かく》れた二人。そしてその陰から覗き見た光景に二人とも絶句《ぜっく》する。

二人が見たのは、十匹を超すゴールデンベアに囲まれ、その中の一匹を素手《すで》で殴り飛ばすおっさんの姿だった。

「う～む、いけませんね。これではまだ人は死んでしまいそうです。早く、人を殺さない程度の手加減を覚えねば……」

物騒《ぶっそう》なことを呟き、次なる獲物に狙《ねら》いを定めるおっさんに、二人は息を呑む。

「何あれ？　ゴールデンベアって素手で倒せるものなの？」

「いやいや、普通は無理だろ。それよりも何だあの服。随分薄い生地《きじ》のようだが……新しい防具か？」

グレーのヨレヨレの背広を新種の防具と勘違いされていることを知らない博は、先程から次々と湧いてくるゴールデンベアを、【超越者】の力加減の練習相手に定めてノリノリで相手していた。そして五匹目を撲殺《ぼくさつ》したところで、ついに大物が登場する。

小物が道を開けたその後方から姿を現したのは、体長六メートルはあろうかという巨大なゴールデンベアだった。

「ほっほう……でかいですねぇ」

その巨体を見て、ゴールデンベアに慣れていた博も若干及び腰になる。そんな仕草を見た巨体のゴールデンベア――ゴールデンキングベアは博が自分を恐れていると判断し、猛《もう》烈《れつ》に突《つ》っ込《こ》んで来た。

「おおっ！　いきなり来ますか」

博が驚きながらも、熊の急所だと言われている鼻面に拳を打ち込んだ。しかし、ゴールデンキングベアは怯《ひる》むことなくそのままの勢いで博に体当たりを喰らわす。

「ノオォォォォ！」

巨大熊のぶちかましを喰らった博は、錐揉《きりも》みしながら宙を舞い――

ドゴーン！

派手《はで》に頭から着地した。

「痛たたたた、いやはや、車に追突されたような衝撃ですねぇ」

首の骨を折ってもおかしくない落下《らっか》をしながら、大したダメージもなく平然《へいぜん》と立ち上がる博。

そんな博が軽く頭を振って前を見ると、木の陰に隠れ、驚愕の表情を浮かべる二人組と目が合った。

互いに視線をそらせずに硬直《こうちょく》する。緊張《きんちょう》の空気が漂《ただよ》い始める中、先に口を開いたのは博だった。

「え～と……こんにちは？」

突然の異世界人との遭遇に戸惑《とまど》ってしまった博だったが、日本の社会人の悲しい習性で、思わず頭を下げて丁寧《ていねい》に笑顔で挨拶《あいさつ》をしてしまう。

「えっ！　……あの、その……こんにちは」

少女が挨拶を返し、言葉が通じたことにホッとする博。

博を見当違いな湖に落とした神だったが、流石に意思の疎通《そつう》は出来るようにしていた。

「えー……それで貴方《あなた》がたは……」

どちら様で？　と言いかけたものの、ゴールデンキングベアが少女達の後方から迫っているのを見て、博は慌てて立ち上がる。

「すいません。ちょっと立て込んでいるので、少々お待ちください」

丁寧に断《ことわ》ってから、博はゴールデンキングベアに向かって走り出した。

（先程は完全に力負けしてしまいましたね。仕方がありません、パーセントを上げましょう）

ゴールデンキングベアの筋力は約２５００。１パーセントの博の約二倍程度の数値だったのだが、戦闘経験の無い博にはその差を正確に測《はか》る能力が無い。したがって——

「【超越者】10パーセント！」

力一杯そう叫び、必要以上に力を上げてしまう。

「おおおおっ！　行きますよぉ～」

少しばかり気が抜ける掛け声を上げた博は、向かってくるゴールデンキングベアに拳を繰り出す。

先程と同じような展開に、ゴールデンキングベアは再び相手を吹き飛ばそうと、その速度を緩《ゆる》めずに突っ込んで来る。ところが今度の攻撃は、本来の筋力１１０プラス１２２３０、そこにゴールデンベアとの戦闘でレベルの上がっていた【格闘術】の修正が加わった攻撃である。結果――

ボッ！

博の拳を受けたゴールデンキングベアの頭は見事に爆散《ばくさん》した。

「……」

頭を失ったゴールデンキングベアの身体はその場に崩《くず》れ落ち、ゴールデンベアの群《む》れはボスが殺《や》られたことにより我先《われさき》にと逃げ出す。

しかし当の博は、自分が生み出したショッキングな光景に、拳を突き出した形のまま固まってしまっていた。

それを木陰《こかげ》から覗いていた青年と少女も、そのあまりにありえない攻撃を目《ま》の当《あ》たりにして固まってしまう。

そして十数秒後――

（……はっ！　あまりの出来事に思考がフリーズしてしまいました。10パーセントはいけません……せめて5パーセントにするべきでした。【超越者】5倍！　いえ、5パーセント！　うーん、やっぱり語呂《ごろ》が悪いですねぇ）

博が不恰好《ぶかっこう》に拳を突き出した状態で【超越者】の力の発声方法を思案していると、後方から遠慮《えんりょ》がちに声がかかる。

「……あの……」

自分の世界にどっぷり浸かっていた博はその声で我に返り、少女と青年の方に向き直る。

「おっと、これは失礼しました。私はひろ……ヒイロと申します。それで貴方がたはどちら様で?」

博と言いかけ、せっかくの異世界なのだからと、かつてゲームの主人公によく付けていた名前を名乗る博改めヒイロ。

この時、冴《さ》えないおっさんの博は、絶対者たるおっさんのヒイロになった。

咄嗟に出た偽名《ぎめい》にヒイロが満足げに頷《うなず》いていると、少女がおずおずと口を開く。

「……あの、私はティーナといいます」

「俺はリックだ」

少女に続き青年が警戒《けいかい》しながら名乗ると、ヒイロは笑顔で頷く。

「それで、お二人は何故このような森の中に?」

「俺達は冒険者だ、この森にはあるクエストの為に来たんだよ」

「ほう!　冒険者ですか」

ヒイロは冒険者という言葉に喰いついた。

(冒険者……いい響きですねぇ。やはり冒険者ギルドなんかもあるんでしょうか)

その辺のことを詳《くわ》しく聞きたかったが、もし一般常識レベルだった場合、不審《ふしん》がられる可能性があるとヒイロは涙を呑んで自制した。

そんなうずうずとしていたヒイロに、ティーナが質問する。

「ヒイロさんは何故この森に？」

「私ですか、私は特訓の為です」

ヒイロがそう答えると二人は目を見開いた。

「特訓！　あんたにそんなの必要あるのか？」

言いながらゴールデンベアの死体の山を指差すリック。

そんな二人にヒイロは肩を竦《すく》めた。

「いやいや、強くなる為の特訓ではないですよ。殺さない為の特訓です。もし、人間相手にあのような攻撃をしたらどうなると思います？」

ヒイロの返答に、二人は敵対した人を問答無用《もんどうむよう》で撲殺するヒイロの姿を思い浮かべ納得する。

「そういう訳で、私は特訓を続けないといけないので……」

「あの！」

去ろうとするヒイロをティーナが呼び止めた。

「ヒイロさんはこの辺りでファルマ草を見かけませんでしたか？」

「ティーナ！　それは銀貨五枚で手に入れた情報だぞ、それをこんな胡散臭《うさんくさ》いおっさんに……」

青年はそこまで言ってしまったという顔になり、ゆっくりとヒイロの方に振り向く。そこで相変《あいか》わらずニコニコとしているヒイロを見て、ホッと胸を撫《な》で下《お》ろした。なんせランクBのゴールデンベアを苦《く》もなく倒してしまうおっさんである。怒らせたらDランクの自分達など瞬殺《しゅんさつ》されるのは目に見えている。

ヒイロはそんな青年の言葉と仕草を無かったことにしてやり、ティーナの問いに答えた。

「ファルマ草……ですか。申し訳ありませんが、その草自体どんな物か分からないのですが」

「そう……ですよね。薬草の見分け方なんて専門の人じゃないと分からないですよね」

しょんぼりとするティーナに対し、ヒイロは胸を躍《おど》らせる。

(薬草……グッドです！　やはりファンタジーはいいですねえ。しかし、薬草はこのような森などに普通に自生してるのですか。実にいいです、私も探してみたいものです)

やたらとテンションが上がったヒイロは、どうにかして薬草を探せないかと思案する。

(ゲームなんかだと床が光って教えてくれたりしますけど、実際はそうもいかないでしょうから、魔法で何とか出来ないでしょうか……)

ヒイロがそんなことを考えていると、また頭の中に声が響く。

〈【全魔法創造】により、探索《たんさく》魔法サーチアイを創造します——創造完了しました〉

（おおう！　時空間魔法の時もそうでしたが、【全魔法創造】は相当のチートですね）

ホクホクとしながら早速新しい魔法を使ってみるヒイロ。

「サーチアイ！」

必要以上に高らかに叫ぶヒイロに、若者二人は何事だと注目する。

（うーん、変わった様子は特に無いです……おっ！）

サーチアイを使って辺りを見回していたヒイロは、一本の草が光って見えるのに気付いた。

（あれが薬草でしょうか）

浮かれ気分で光っている草に近付き、引き抜こうと茎《くき》の部分をしっかりと握るヒイロ。

しかし、そんな様子を見ていた二人が両耳を塞《ふさ》いで悲鳴を上げた。

「ヒイロさんそれはダメです！」

「おっさん何考えてる！」

「えっ？」

二人の大声に驚き、ヒイロは振り向きながら草を抜いてしまう。その瞬間――

ぎゃぁぁぁぁぁぁぁぁぁぁぁぁ！

この世の物とは思えない凄まじい絶叫《ぜっきょう》が辺りに木霊《こだま》する。

「何ですかこれはー⁉」

ヒイロの悲痛な叫びは絶叫に掻《か》き消《け》された。

彼が抜いた草は、かの有名なマンドラゴラ。

霊薬《れいやく》としてもだが、引き抜かれた時に生き物の心臓を止める魔声を上げる植物としても知られていた。冒険者ギルドでは、絶対に引き抜いてはいけないランクAの危険植物に認定している。

マンドラゴラの絶叫に耳を塞げなかったヒイロは、まだ内耳に響く余韻《よいん》に身体を震わせていたが、それもじきに取れ、我に返りながら二人の方へと振り向く。

「いやー、酷《ひど》い目に遭いました。まだ耳の奥がジンジンします」

人型の植物の根っこを片手に持ちながらヒイロがそう呟くと、耳を塞いでうずくまっていた若い二人が非難《ひなん》の声を上げる。

「酷い目に遭いました、じゃないですよヒイロさん！」

「そうだぜ、大体なんでおっさんは無事なんだよ」

最強の身体強化スキルである【超越者】は、身体に影響を与える状態異常を完璧《かんぺき》にレジストするのだが、そんなことを知らないヒイロは首を傾げる。

「そういえば何故でしょうか？　……というか、これ何なんです？」

「知らないで抜いたのかよおっさん。それはマンドラゴラだよ」

「ほほぉ、これがかの有名なマンドラゴラですか」

マンドラゴラを興味深げにしげしげと見つめるヒイロを、呆《あき》れた顔で見ながら立ち上がろうとしたリックだったが、膝《ひざ》が笑いうまく立てない。

耳を塞ぎマンドラゴラの絶叫の直撃を避《さ》けたお陰で、心臓が止まることは無かったものの、HPはごっそり削《けず》られていた。

「くそっ、HPがほとんど無い。こりゃあ回復するのに半日はかかるな」

立つのを諦《あきら》め座り込んでいる若者二人を見て、ヒイロは大変申し訳ない気持ちになってしまった。

「申し訳ありませんでした。しかし、お二人とも回復アイテムなんかはお持ちではないのですか？」

「ポーションか？　保険に一個は持ってるけど、あんな高価な物、本当に死にそうな時しか勿体無《もったいな》くて使えねぇよ」

「今回のクエストの報酬《ほうしゅう》はファルマ草十本で金貨五枚なんです。それで金貨一枚のポーションを二つも使ったら、儲《もう》けがあまり無くなってしまいます」

「そうなんですか……では回復魔法などは？」

「それこそ無理な話だろ」

そう言いつつ『何言ってるんだこのおっさん』という目でヒイロを見るリック。

「回復魔法を使える人は希少《きしょう》ですから、上位のパーティで取り合いになってます。私達みたいな弱小パーティではとてもてとも……」

「ほう、回復魔法の使い手は希少なのですね……」

そんな話を聞いて回復魔法が使えないものかとRPGの回復魔法を想像していると、ヒイロの頭の中に『パーフェクトヒール』という言葉が浮かんでくる。

（おや？　私は何故このような言葉を思いついたのでしょうか？　そういえば、ライトの時もこんな感じでしたね……）

そこまで考えて、ふと神の【全魔法創造】の説明を思い出す。

（全ての魔法を使用することが出来、更に新しい魔法を創造出来る……でしたよね。つまり頭に浮かんだ言葉は元々この世界にある魔法ということですか。しかしこの魔法、お二人に使ってもいいのでしょうか？　回復魔法の使い手は希少と言ってましたし、また詰《つ》め寄られるなんてことになるのではないでしょうか……でも、お二人をこんな状態にしたのは私ですし……）

ヒイロは悩んだ末、パーフェクトヒールを使うことにした。結局、罪悪感が優《まさ》ったのだ。

「パーフェクトヒール」

「「はぁ？」」

回復魔法の最高峰《ほう》であるパーフェクトヒールの名を突然叫んだヒイロに、若者二人は疑《ぎ》惑《わく》の目を向ける。しかしその目はすぐさま、驚きのそれへと変貌《へんぼう》した。

ヒイロの言葉とともに、二人の身体が淡《あわ》い光に包まれ始めたのだ。

「これはまさか……」

「本当にパーフェクトヒール？」

自分達を包む暖《あたた》かい光を見つめながら、二人の若者は信じられないといった感じで呟く。

「お二人とも、体力の方は回復されましたか？」

心配そうに尋ねるヒイロに、体力が完全に回復した若者二人が詰め寄る。

「おいおいおっさん、本当にあんた何者なんだよ」

「そうです！　パーフェクトヒールを、しかも無詠唱《むえいしょう》なんて……」

二人の凄い剣幕《けんまく》に、ヒイロは自分のやったことが規格外《きかくがい》であることに初めて気が付いた。

「ちょ、ちょっと二人とも落ち着いてください。無詠唱の魔法はそんなに凄いことなのですか？」

「凄いなんてもんじゃないです！　簡単なライトやファイアならまだしも、最高位の回復魔法であるパーフェクトヒールを無詠唱なんて、教会の最高司祭でも不可能ですよ！」

自分も魔道士であり、その凄さをリックよりも知っているティーナが興奮気味《こうふんぎみ》に説明するのを聞いて、ヒイロは冷《ひ》や汗を流す。

（うーむ、無詠唱は目立つのですか、しかし【全魔法創造】は呪文《じゅもん》なんか教えてくれませ

んし、かといって、魔法を使う度《たび》に周りにいる人にこんな感じに詰め寄られるのも勘弁して欲しいです）

便利なスキルを貰ったのはいいものの、それのせいで周りに騒《さわ》がれるのは勘弁願いたいと二人を宥《なだ》めながら思うヒイロだったが、ふと、その視線の先にマンドラゴラが映る。

「ところでこれ、どうしましょうか？」

話をそらす口実《こうじつ》にと手に取ったマンドラゴラを突き出すと、二人は揃《そろ》ってそちらに視線を向けた。

「どうするって……そりゃ売ればいいんじゃないか」

リックの言葉を聞いてヒイロは顎《あご》に手を当てる。

「売る……ですか、一体いくらになるのでしょうか？」

「いくらって……いくらになるんだ？」

聞かれたリックはティーナに向かって聞く。

「えっ、そういえばギルドの価格表にマンドラゴラって載《の》ってないわね」

「載ってない？　それは何故でしょうね」

ヒイロの素朴《そぼく》な疑問に、ティーナはきょとんとした顔を見せる。

「何故って、そもそもマンドラゴラはギルドが定めてるランクAの危険植物で抜かないように言われてますから、売る人がいないんじゃないですか？」

「でもそれっておかしいよな。マンドラゴラは希少な霊薬って聞いたことがあるけど、それでギルドが値段を決めてないのか？」

「うーん……」

悩み込むリックとティーナに、ヒイロはふと思い浮かんだ説を口にする。

「高値《たかね》であるが故《ゆえ》、その値段がバレれば命懸《いのちが》けで採《と》る方が増えるからではないでしょうか」

「「えっ！」」

悩んでいる若者二人にヒイロはさらっと爆弾発言を投下した。

「それは……ありえるな」

「そうね、そういう危《あぶ》ない橋を渡るのは金銭《きんせん》的にきつい低レベルの冒険者でしょうから、もしそうならマンドラゴラによる低レベル冒険者の死亡率が格段に上がる筈……」

マンドラゴラ＝高価格という可能性が出て来て、若者二人の視線がヒイロの持つマンドラゴラに集中する。

かく言う彼等も、金銭的にきつい低レベル冒険者なのだ。

そんな若者二人を見て、ヒイロは肩を竦めた後にポンッと二人に向かってマンドラゴラを放った。

「えっ！」

「おおっ！」

ビックリしながらもマンドラゴラを優しくキャッチする二人。

「それ、さしあげますから本当に高値なのか確認してみてください」

「えっ、あげるってそんな簡単に……」

「いいのかよ」

「かまいませんよ。先程の迷惑料《めいわく》です」

言いながらおっさんは慈愛《じあい》に満ちた満面の笑みを浮かべた――ように若い二人には見えた。

（危険植物に認定されているような物を冒険者登録をしていない私が持って行っても、あらぬ疑《うたが》いをかけられる可能性があります。せっかく異世界に来たのに冒険者ギルドに目を付けられるのは御免《ごめん》ですからねぇ）

実際はそんな算段《さんだん》をしていたおっさんだった。

「さて、それでは……」

ググゥ～。

立ち去ろうとしたヒイロの腹の虫が突然鳴り出す。

（うーん、締《し》まりませんね。そういえばこの世界に来て、一度も食事を取っていませんでした。連れて来られたのも夕食前でしたしね）

気まずそうにお腹《なか》をさすったヒイロを見て、ティーナが声を上げる。

「お腹が空《す》いてるのですか？　だったら私達の携帯食を……」

ヒイロが手ぶらで食料らしき物を持っていなかった為、ティーナは気を利《き》かせてそう言ったのだが、ヒイロは丁重《ていちょう》に断った。

「ああ、問題ありません。若い方に奢《おご》ってもらうのは気が引けますので」

元の世界で年下の上司にお昼を奢ってもらった経験が多々あるヒイロにとって、そのなんとも言えない屈辱《くつじょく》をこの世界でも味わうのは勘弁して欲しいところだった。

「それに、私にはあれがあります」

そう言ってゴールデンベアの死体を指差すヒイロに、若い二人は怪訝《けげん》な顔をする。

「おいおい、あれってゴールデンベアのことか？　あれを今から解体してたら日が暮れるぜ」

「いえいえ、問題ありませんよ」

そう言ったヒイロはゴールデンベアの死体に近付き、五体のゴールデンベアと最後に倒したゴールデンキングベアを次々に時空間魔法で収納していく。

「「えっ！」」

ゴールデンベアの死体が消えていくのを呆然と見つめる若者二人。

そんな二人の様子に気付かないヒイロは、ゴールデンベアを全て解体した後に思案する。

（そういえば、生肉は熟成《じゅくせい》させると美味《おい》しくなると聞いたことがありますね。確か……牛肉なら一カ月くらいでしたっけ？）

うろ覚えの知識を必死に引っ張り出そうとしているヒイロに若者二人から声が上がる。

「おいぃぃぃぃ！　おっさん今何をした！」

「今のは魔法ですか？　膨大な魔力の流れを感じましたが？」

信じられない光景に突っ込むリックと、未知の魔法を目の当たりにして目を輝かせるティーナ。そしてそれぞれに異なる詰め寄り方をされ、たじろぐおっさん。

（……そういえば、時空間魔法は私が作った魔法でしたね。せっかく有耶無耶《うやむや》にしたのに蒸《む》し返されてしまいました）

自分の詰めの甘さを後悔しつつ、流石に今回は誤魔化《ごまか》す材料も無く、ヒイロはこの状況をどう乗り切るか考え始めた。

（ううむ、抜かりました。ここは逃げの一手……は無いですね。この二人が私の容姿《ようし》を踏《ふ》まえて今のことを町で言いふらせば、あっという間にこの話が広まってしまいます。近くの町に寄る度に他人に言い寄られるなんて、勘弁願いたいです……さて、どうしたものでしょうか）

ヒイロがあたふたと考えていると、ティーナが口を開く。

「もしかして今のはマジックバッグを魔法のみで再現したのですか？」

好奇《こうき》に満ちた眼差《まなざ》しでヒイロに質問するティーナ。彼女は大の魔法オタクだった。

（マジックバッグ？　名前と状況から察するにアイテムを収納出来る魔道具のようですが……そういえば、某ゲームにも鎧とか剣とか嵩張《かさば》る物がいくらでも入る不思議袋がありましたね……あんな感じの物でしょうか）

実際は決められた個数の物を質量、体積関係無しに入れられるというバッグ型の魔道具なのだが、ニアピンでその正体を当てたヒイロはそれに乗っかることにした。

「ええ、そうです。私は魔法の開発が趣味《しゅみ》なのですが、偶然《ぐうぜん》マジックバッグの機能を魔法のみで再現することに成功しまして」

「凄いです！　何故そんな凄い魔法を発表しないんですか」

「それは、万人に使える魔法ではないからですよ。それに目立つのが嫌いなのです」

ヒイロの言葉に嘘《うそ》は無かった。時空間魔法はその使用に膨大な魔力を必要とする魔法で、現在それを使える魔力を持つ人間はヒイロ一人と言って過言《かごん》ではない。そして、ヒイロはこんなことで目立ちたくなかった。

「えー、勿体無いですぅ」

「いやいやいやいや、ちょっと待ってくれ」

更にグイグイ来ようとするティーナをリックが止める。事態を収めてくれるのかとヒイロがホッとしたのも束の間、今度はリックが詰め寄ってくる。

「おっさん、あんたゴールデンベアを素手で吹っ飛ばしたり、パーフェクトヒールを無詠唱で使ったり、挙《あ》げ句《く》の果てに新魔法の開発だぁ？　本当に何者なんだ？　そんなに凄い奴が今まで無名なんてありえねぇだろ」

リックに詰め寄られ、ヒイロは一つため息をつく。

「無名？　それはそうでしょう。私は今までほとんど人前に出たことが無いのですから」

「はぁ？　何でだ、それ程の力があれば何処の国にでも仕官出来るだろ」

「仕官、ですか。自分の価値観を私に押し付けないでください。私は自由が好きなのです。どこかの国に縛《しば》られるなんて御免ですよ」

不敵《ふてき》に笑いながらそう語るヒイロの気迫《きはく》に押され、二人は何も言えなくなった。そんな二人を見て、当のヒイロはホッと胸を撫で下ろす。

（いやー、危なかったですね。何とか二人を言いくるめられそうです。でも国なんかに目を付けられたら、本当に仕官を迫られかねませんからね、これからは気を付けないといけません）

「ですから、私のことは他言無用《たごんむよう》でお願いしますよ」

最後に念を押し、二人が頷いたのを確認してやっと一息つけたヒイロは、ここで自分が空腹《くうふく》だったのを思い出す。

「そういえば、食事をするつもりでしたよね」

ヒイロの言葉で、ヒイロの気迫に押され若干放心気味だった二人もそのことを思い出す。

「そういやぁそうだったな」

「そうですね、食事にしましょう」

二人が同意した為に、解体済みプラス一ヶ月程熟成させたゴールデンベアの肉を取り出すヒイロ。

「「……」」

突然解体済みの素材が出てきて若者二人は何か言いたげだったが、先程のヒイロの気迫を思い出し、押し黙《だま》ったのだった。

第3話　ゴブリンと妖精《ようせい》

「ふぅ美味しかった。ヒイロさん御馳走様《ごちそうさま》でした」

「いえいえ、こちらこそ調味料を分けていただいて助かりました」

ゴールデンベアの肉で食事を済ませたヒイロ達は、森の中で食休みをしていた。ゴールデンベアの肉を塩で味付けして焼いただけの物だったが、肉自体がなかなかの高級食材だったらしく、若者二人はホクホクしながら食べ、おっさんはそれを和《なご》やかに眺《なが》めながら食べた。

「それで、おっさんはこれからどうするんだ？」

食休みも十分取ったところで、リックがヒイロに尋ねる。

「私ですか？　私は先程も言った通り、この森で修業《しゅぎょう》を続けるつもりですが」

リックの不躾《ぶしつけ》な質問に、笑顔で答えるヒイロ。

おっさんは基本的に若者には寛大《かんだい》だった。そして――

「だったら私達のクエストを手伝って貰えませんか？」

「クエストを……ですか？」

「はい。先程も聞きましたけど、ファルマ草の採取《さいしゅ》なんです」

「いいだろ？　どうせ森の中でモンスターの相手をするんなら、俺達と行動してても同じだろ」

「ふむ……確かにその通りではありますね。まぁ、いいでしょう」

「やったぁ！　ありがとうございます」

「これで、モンスターの心配は無くなる」

喜ぶ二人を笑顔で見つめるヒイロ。

そう、元の世界ではほとんど若手に頼られたことの無いおっさんは、若者に頼られるのが嬉《うれ》しいのだ。

（しかし、ファルマ草ですか。先程は失敗してマンドラゴラを引き抜いてしまいましたが、サーチアイには目標物の指定なんて機能は無いんでしょうか？）

ヒイロは物は試しと実際に目標物を指定してサーチアイを使ってみることにした。

「ファルマ草を指定。サーチアイ！」

突然叫ぶヒイロに、若者二人はビックリして視線を向ける。

「その魔法はそんなことも出来るんですか？」

「分かりません。開発したばかりの魔法でして、性能はまだ完全に把握《はあく》してないんですよ」

ティーナの興奮気味の質問に答えながら、ヒイロは辺りを見渡すが反応は全く無い。

「ふむ、この辺りでは反応は出ませんね。ちょっと高い所から森を見渡してみたいですねぇ」

「高い所ならあれがいいんじゃないか」

リックはそう言って斜《なな》め上を指差す。その先には、他の木々を遥《はる》かに越《こ》す巨大な木が見えた。

「なるほど……あれは高いですねぇ。では、行ってみますか」

「ところで、ファルマ草とはそもそもどういった草なんですか？」

巨木に向かう道すがら、ヒイロは基本的なことを二人に聞く。その間も勿論《もちろん》サーチアイを継続《けいぞく》使用している。

「ファルマ草はティスマ熱に効く薬草なんです」

「ティスマ熱？」

「おいおい、まさかティスマ熱を知らないのか」

「はい。生憎《あいにく》と病気や怪我とは無縁《むえん》でしたので」

知らないとまずいメジャーな病気だったのかと、咄嗟に苦しい言い訳をかますヒイロだったが、色々と規格外のヒイロを見ている若い二人は妙に納得してしまう。

「そ、そうですか。ティスマ熱は感染《かんせん》こそしないものの、発症《はっしょう》すれば致死率《ちしりつ》80パーセントを超す熱病です」

「それは怖いですね。しかし、それ程の病気に効く薬草なのにストックはしておかないんですか？」

「薬師の話ではここ最近ティスマ熱の患者が増えてきて、ストックが切れそうなんだそうです」

「そうでしたか、ならばこのクエストは急がないといけない訳ですね」

「しっ！」

ヒイロとティーナが話していると、前を歩いていたリックが口に人差し指を当て沈黙《ちんもく》を促《うなが》す。

「どうしました？」

ヒイロが小声でリックに尋ねると、リックは黙って前方を指差す。

その先には、身長百三十センチくらいで全身緑色の醜《みにく》い人型の生き物が五匹程たむろっていた。

「あれは……もしかしてゴブリンですか」

近くの木陰に隠れながら、記憶の中にあるゲームの敵キャラと照らし合わせてヒイロが聞くと、リックが頷く。

「ああ、一匹見たら三十匹はいるという面倒臭《めんどうくさ》い奴らだ」

「まるでGから始まる害虫みたいですねぇ」

「あれの名前をもじって名前を付けたって説があるくらいだからな」

リックの言い回しに黒い悪魔を連想して発言したヒイロだったが、リックはその言葉に同意する。

「どうするんです？」

「ゴブリン自体はランクGの雑魚《ざこ》なんだが、近くに仲間がいると、戦闘の音を聞きつけて際限《さいげん》なく集まって来るから厄介《やっかい》なんだよ」

（ふむ、ゴブリンはランクGなのですか。偶然なのでしょうか？　わざと感がハンパないのですが……まあ、それは置いとくとして、ただでさえ人型の敵を殺すのはご遠慮願いたいのに、ワラワラと際限なく出て来るゴブリンを相手にするのは勘弁願いたいですねぇ。何とか近くにゴブリンがいるかどうか分からないものでしょうか）

ヒイロは目を瞑《つむ》り辺りの気配を探ってみた。しかし、つい半日前まで普通のおっさんだったヒイロにそんな技術がある筈も無く……

（やはり分かりません。【超越者】さんは気配を探るようなスキルをくれないのでしょうか。仕方がありません、【全魔法創造】さんに頼りますか）

〈【超越者】の能力が発動しました。【気配察知】をレベル1で習得しました。【魔力察知】をレベル1で習得しました〉

（……スキルって、意思はないんですよね？）

あまりのタイミングのよさにもしかしてと思いつつも、ヒイロは【気配察知】と【魔力察知】を発動させる。

（ふむ、有効距離は十メートル程ですか。距離が短いのはレベルが低いからでしょうね。常時発動させておいて早くレベルを上げた方がいいでしょう。さて、ゴブリンは……スキルには引っかかりませんねぇ。まぁ、たかだか十メートルですから、仕方がありませ

んね)

「あの……」

新しいスキルの性能確認に没頭《ぼっとう》していたヒイロに、ティーナが話しかける。

「何でしょうティーナさん」

「攻撃魔法で倒してしまったらどうでしょう。増援《ぞうえん》を呼ばれる前に倒してしまえば、問題無いと思うのですが」

そう提案するティーナの目は期待に輝いていた——そう、この提案は魔法オタクのティーナが『ヒイロさんの攻撃魔法を見てみたい』という一心から出たものだった。そしてその提案はヒイロの心も躍らせる。

(攻撃魔法ですか、いいですねぇ～。しかし、この状況ですと大きな音が出る派手な魔法は使えませんよね。そうすると風の刃を飛ばす魔法とか、地面に呑み込ませる魔法とかですか)

ヒイロは状況にあった魔法を想像していき、それに呼応するかのように『エアブレード』と『グランドフォール』という言葉が即座に頭に浮かんできた。

(ははは、ホント【全魔法創造】さんは仕事が早いです)

「グランドフォール」

遠回《とおまわ》しに【超越者】をディスりながら、ヒイロはより音が出ないと思われるグランドフォールを選択し、即座に魔法を発動させる。

「ギャギギ！」

ヒイロの魔法の発動により突然足下に出来た穴に、悲鳴らしきものを上げながら落ちて行くゴブリン達。そしてゴブリンが落ちた後に、地面は静かに塞がった。

「土系魔法グランドフォールですか」

「何だよ、そんな便利なことが出来るならもっと早くやってくれよ」

ヒイロの手際《てぎわ》を褒《ほ》める二人をよそに、ヒイロ自身もその効果に驚いていた。

(何ですかこの魔法……敵を地面に封じ込めるなんて最強じゃないですか)

しかし、そんなヒイロの考えはすぐに見直される。地面に埋まったゴブリンの内の一匹が地面から這《は》い出て来たのだ。

「え⁉　エアブレード」

地面から上半身が這い出たところで、慌てて風の刃でその首を刎《は》ねるヒイロ。

何故這い出て来られたのか疑問に思ったヒイロだったが、その疑問はすぐに解消される。

【気配察知】で確認すると、ゴブリン達の上に被《かぶ》っていた土は三十センチ程しかなかったのだ。つまり空《あ》いた穴は百五十～六十センチとなる。

(……浅いですね。これでは力が強い者なら自力で出て来れそうです。それにしても――)

「ヒイロさん、グランドフォールとエアブレード、お見事でした」

ティーナが称賛《しょうさん》を送るが、ヒイロの耳には届かない。ヒイロはそれ程までに戸惑っていた。

（人型のモンスターを亡《な》き者にしたというのに、あまり罪悪感がありません……刃物で人を刺すより、銃で撃ち殺す方が人を殺した実感が薄いと聞いたことがありますが、それと同じことなのでしょうか……このまま、人を殺《あや》めても何とも感じなくなってしまう、なんてことは無いですよね……まったく、ぞっとします……）

「ヒイロさん！」

「はっはい！」

突然耳元で名前を呼ばれ、調子の外《はず》れた返事をしてしまうヒイロ。

「何でしょうかティーナさん」

「何でしょうか、ではありません。先程から話しかけているのにヒイロさん、全く反応が無いんですから」

「すみません。ちょっと考え事をしていたもので」

「おい。他にゴブリンがいないとも限らない。サッサと行こうぜ」

リックに促され、一行は先を急いだ。

巨木の下《もと》に着いたのは、それから小一時間程経った頃だった。直線なら三十分程で着いたのだが、ヒイロの【気配察知】にちょこちょこゴブリンが引っかかり、迂回《うかい》したり戦ったりした結果、こんなに時間がかかってしまったのである。

「ねぇ、何でこの森、こんなにゴブリンがいるの？」

「確かに数が多いな。それと、ゴールデンベアがあんな森の浅い所にいたのも解《げ》せない」

「……何かに森の奥から追われてきた？」

「この森でゴールデンベアを退《しりぞ》ける奴なんて……」

「「……まさか」」

緊張と戦闘で疲れきっていた若者二人の話を話半分に聞きながら、全く疲れていないヒイロは巨木を見上げていた。

「……大っきいですね」

他の木々の三倍を優に越す雄大《ゆうだい》な針葉樹《しんようじゅ》を見上げ、感嘆《かんたん》の声を上げるヒイロ。

「では、登ってみますか」

呟くように言いながら巨木に近付いたヒイロだったが、一番下の枝《えだ》でも遥か頭上で手が届かない。幹《みき》の太さも大人十人が手を繋《つな》いでも届かないのではという程太くて、どうやって登ろうか途方《とほう》に暮れてしまった。

「ジャンプして枝に着地……ダメですね。足を滑らせて落ちる未来しか見えません。ということは……【全魔法創造】さんにまたまた頼りますか」

そう呟くと、腕を組んで考え込み始めるヒイロ。

（うーん……理想はロープが勝手に枝に伸びて行くような……）

そこまで構想を練《ね》り、ターバンを巻いたインド人が壺《つぼ》からロープを空高く伸ばして行く映像が浮かんで、ヒイロは慌ててその想像を打ち消した。

（いやいやいや、ちょっとカッコ悪いです。もうちょっとカッコよく……ロープだからいけないのです。鎖《くさり》、そう！　チェーンです！　自在に動くチェーンなら……）

ヒイロの鮮明《せんめい》なイメージに、【全魔法創造】が反応する。

〈【全魔法創造】により、自動追尾《ついび》魔法チェイスチェーンを創造します――創造完了しました〉

（イエス！　流石です【全魔法創造】さん）

ヒイロは小さくガッツポーズをして、早速魔法を発動させる。

「チェイスチェーン」

魔法の発動とともにヒイロの手の中に光の鎖が現れると、一番下の枝に真っすぐ伸びていってそのまま巻き付いた。

「おお！　凄い」

喜びながら鎖の端《はし》を持ち、ジッと待つヒイロ。しかし、鎖はなんのアクションも見せない。

「……引き上げてはくれないのですね」

引き上げてくれるものだと思っていたヒイロは、仕方なくエッチラオッチラ鎖を登って行く。

（ひぃぃぃぃぃ！　命綱《いのちづな》無しでここまで来ると、流石に怖いですぅぅぅぅ！）

他の木々のてっぺんが目線と同じ高さに達する所まで登り、全身が竦むような恐怖に襲われながらも、若者二人の手前、年長者の意地で更に上へと登って行くおっさん。

一方、森の異変について話し合っていた若者二人は、その年長者の姿が無いことに気付く。

「あれ、ヒイロさんは？」

「あのおっさん何処に……ってあそこだ！」

リックが指差した先には、巨木を光の鎖で登って行くおっさんの姿があった。その姿は既に十センチ程にしか見えない。

「くそ！　やばいことになってるかもしれないから、引き返す算段をしてたのに……もう、あんな所まで登ってやがる」

「私達だけじゃ迂闊《うかつ》に動けないよね」

今の状況から脱出する為に必要不可欠であるおっさんが巨木の上へと消えて行くのを、二人は焦燥《しょうそう》の思いで見つめていた。

「ひぃぃぃぃぃ！　何処まで登ればいいのでしょうか」

若者にいいとこを見せたいお年頃のおっさんは、必死に巨大な針葉樹を登っていた。

途中、棒のように細い体を持つ猿《さる》――スティックモンキーの群れを枝の上でチェーンを振り回して追い払い。金属のような光沢《こうたく》を持つ体長八十センチのカブトムシ――アイアンビートルのツノを持って放り投げ。鋭《するど》い牙のある嘴《くちばし》を持つ鳥――アリゲーターバードをエアブレードで切って捨て。ただひたすら登り続け、そしてついに木のてっぺんへと辿り着く。

「ふぅ……やっと着きました。では、見てみますか――ファルマ草を指定。サーチアイ」

木の先端《せんたん》に両手と両足で抱《だ》き付くようにへばり付き、日差しを遮《さえぎ》るように手の平を額に当ててヒイロが魔法を発動させると、森の奥の方に赤い光が幾多《いくた》も光る。

「ふむ……特定の物を指定することは出来るみたいですね。ファルマ草のある場所は、一キロ程更に奥といったところですか……奥に進む程ゴブリンが増えていましたから、ちょっと厳《きび》しい行軍《こうぐん》になりそうですねぇ」

「へぇ～何か見えるのおっちゃん」

「ええ、ファルマ草の群生地《ぐんせいち》が見えます」

「おお！　そんなことがこんな遠くから分かるんだ」

「はい。私のサーチアイで確認出来ます」

「それってもしかしてオリジナルの探索系魔法？　そんな便利な魔法を作るなんて凄いなぁ」

「いやいや、私の手柄《てがら》ではありませんよ。全て【全魔法創造】さんのお陰です……って、私はこんな所で一体誰と話してるんです？」

ファルマ草の群生地の位置を必死に確認していたヒイロだったが、ここが巨木のてっぺんであり、周りに人がいられる筈のない場所であることに気付く。

ヒイロは高い所に登った恐怖から気がおかしくなったのかと心配になりながら、声のする右手の方を振り返る。するとそこには、一人の妖精がヒイロと同じように額に手を当て、同じ方向を眺めていた。

妖精は歳《とし》の頃は十二、三歳くらい。黒髪のショートカットの活発そうな女の子で、身長は二十センチ程。トンボのような二対の羽を羽ばたかせて宙に浮いていた。

ヒイロは驚いて一瞬キョトンとしてしまったが、そのファンタジーそのものの光景にすぐに笑顔になる。

「いやはや、これは可愛らしいお客さんですね。こんにちは、私はヒイロと申します」

　ヒイロが丁寧に挨拶をすると妖精はヒイロの方に振り返り、ニカッと笑う。

「ご丁寧な挨拶ありがとね。ぼくは妖精族のニーア」

「ほうほう、ニーアさんですか。それでニーアさんはこのような所で何をなさってるんですか？」

「アハハ、それはぼくのセリフだよ。ここみたいな上空はぼく達の領分《りょうぶん》だよ。ヒイロこそこんな所で何をしてるのさ」

「なるほど、確かにその通りですねぇ。私は先程も言った通り、ファルマ草を探す為にここまで登って来たのです」

「へ〜、ファルマ草の群生地ならぼくが案内出来るけど？」

「本当ですか。いや〜、位置は大体分かったのですが、森の中でちゃんと辿り着けるか心配だったんですよ」

　ヒイロがそう答えると、ニーアはニヤッと笑う。

「ふーん、別に案内するのはいいけど、その代わりぼくの用事にも付き合ってくれる？」

「別に構いませんが、一体どのような用事なんです？」

「な〜に、大したことじゃないよ。ファルマ草の群生地に行く途中でチョロっと手を貸してくれればいいから」

「……分かりました。それならば手を貸しましょう」

ニーアの言い回しに少しばかり不穏《ふおん》なものを感じたヒイロだったが、ファンタジーの代名詞の一つである妖精からの頼みとあって、思わず受けてしまった。

「よ～し、それじゃそれで決まりってことで――ところで……」

陽気《ようき》に約束を交わした後で、真顔《まがお》になったニーアはヒイロの顔にグッと近付く。

「この木の下が騒がしいんだけど、なんか心当たりある？」

今までの雰囲気と違う真面目《まじめ》な口調の言葉に、ヒイロはその意味を理解するのに数秒かかった。

「……ああっ！」

この木の下が騒がしいということは、リックとティーナに何かが起こっているということだ。ようやく気付いたヒイロは、慌てて木を降り始める。

「なになに？　この下で何が起きてるの？」

必死に降りるヒイロの周りを飛び回りながら、ニーアが興味津々《きょうみしんしん》な様子でヒイロに聞いてくる。

「この下には私の知り合いがいるのです！　そこが騒がしいということは、何かまずいことが起こっているのだと思います」

「へー……」

必死に枝から枝へと不恰好に降りながらヒイロは律儀《りちぎ》に答えたが、ニーアはその答えには興味無さげに相槌《あいづち》を打ちつつ、ヒイロを観察する。

（ふ～ん、ただの冴えないおっちゃんかと思ったけど、思ったより身体能力が高いなぁ～……これは掘《ほ》り出し物かも）

ヒイロがいれば自分の目的が達成出来るかもしれないと、ニーアは密《ひそ》かにほくそ笑んだ。

「くそっ！　こいつら一体何だってんだ！」

二十匹を超えるゴブリンに囲まれて、リックは悪態をつきながらも剣を必死に振るう。

「リック、大丈夫？」

背後を巨木、前をリックに守られながら、心配そうに声をかけるティーナだったが、その顔色は魔法の使い過ぎによる魔力欠乏《けつぼう》により、血の気《け》が失せてしまっていた。

「ああ、まだいける！」

力強くそう答えるリック。しかしその身体は所々血に染まり、肩で息をしていることから限界が近いのは誰の目にも明らかだ。

だが、そんな状況にあっても二人の目に絶望の色は無い。

「ヒイロさんが戻って来てくれれば……」

「ああ、おっさんが戻って来れば、こんな状況どうとでもしてくれる」

二人は頭上にいる希望を糧《かて》に、必死に目の前の絶望に抗《あらが》う。そんな二人の前に、ついに待望の希望は降り立った。

「リックさぁぁん！　ティーナさぁぁん！　大丈夫ですかぁぁぁぁっ！」

ドオォォン！

一番下の枝への着地に失敗し、リック達の目の前に降り立つというか、落ちて来たヒイロはガニ股《また》で着地し、その衝撃で全身を小刻《こきざ》みに震わせていた。

あまりの出来事にリック達もゴブリン達も、動きを止めてヒイロを凝視《ぎょうし》してしまう。

「くぅぅぅ！　もうちょっと【超越者】のパーセントを上げとくべきでした……全身が痺《しび》れます」

枝を握り潰してしまうんじゃないかと、【超越者】を1パーセントに抑《おさ》えていたヒイロだったが、1パーセントでは流石にこの高さからの落下でノーダメージという訳にはいかなかったらしい。

しばらく落下の衝撃に悶《もだ》えていたヒイロだったが、リック達の危機を思い出し、慌てて周りの状況確認を始める。

ヒイロから向かって左手にリックとティーナのとりあえず無事な姿。右手に武装《ぶそう》したゴブリン多数。ついでに自身の頭の上にはニーアが乗っているのを確認し、その視線が全て自分に集まっていることを認識したヒイロは、着地の姿勢だったガニ股を正《ただ》し、軽く咳払《せきばら》いをした後にゴブリン達に向き直る。

「リックさん、ティーナさん、無事でよかった。後はお任《まか》せください」

取《と》り繕《つくろ》った口調で背後のリック達にそう言うと、ヒイロはゴブリン達に躍りかかった。

（ちょっと古典的なギャグ漫画のような登場の仕方をしてしまいました……もうちょっとカッコよく駆けつけたかったですねぇ……）
五、六匹殴り倒すと、ゴブリン達は蜘蛛《くも》の子を散らすように逃げて行く。ゴブリン討伐よりもリック達の治療《ちりょう》を優先したヒイロは、リックとティーナにパーフェクトヒールをかけながら、先程の登場の仕方の反省をしていた。
「助かったぜおっさん」

「ありがとうございますヒイロさん」

「いえいえ、礼にはおよびませんよ」

二人からのお礼の言葉に笑顔で答えたところで、ヒイロはティーナの顔色が悪いことに気付く。

「ティーナさん、顔色が悪いようですが」

「あっ、これは軽い魔力欠乏のせいですから、少し休めば治ります」

手を左右に振って大したことは無いとアピールしながら答えるティーナ。

「魔力……欠乏……？」

ティーナの答えを聞いたヒイロの様子を見て、若者二人が訝《いぶか》しげにヒイロの顔を見る。

「おっさん、魔法使うよな」

「勿論です。お二人も私が魔法を使うのを見ているでしょう」

「ヒイロさん、MP切れになったことは？」

「幸いながら今まで一度もありませんねぇ」

「……ちなみに、おっさんのMPってどのくらいあるんだ」

「……367275ですけど」

恐る恐る聞いたリックに、その数値がどれ程の規格外の数値なのか知らないヒイロは素直に答える。ちなみにティーナのMPは705であり、これまで歴史に名を残した魔道士でもMP10000を超えた者はほとんどいない。

「……ありえねぇ」

「……それじゃMP切れになんかなるわけ無いわ」

「それじゃあ、さっきゴブリンどもからちょっと攻撃を受けてたけど……」

「ダメージらしいダメージはありませんねぇ」

「だよな、ゴールデンベアに殴り飛ばされてもピンピンしてたもんな」

ヒイロの答えを聞いたリックとティーナは、驚きを通り越して呆れたようにヒイロを見る。しかしそんな空気の中、喜びの声を上げる者がいた。

「やったー！　おっちゃん凄い強いじゃない！　これはいける！　いけるよ！」

ヒイロの頭の上で小躍《こおど》りするニーアだった。

今までヒイロの頭の上にいたニーアに気付かなかったリックとティーナは、突然ヒイロの頭の上に現れた彼女を唖然《あぜん》として見つめる。そしてリックがそのまま口を開く。

「邪妖精《じゃようせい》……」

リックの呟きを聞いたニーアはピタッとその動きを止め、ジロリとリックを睨《にら》みつけた。

「だ～れ～が～邪妖精だって～！　ぼくはれっきとした風属性の妖精だよ！」

ワープでもしたかのようなスピードでリックの顔前に飛び、腰に手を当てて威圧《いあつ》するニーア。

邪妖精とは、妖精という名が付いているが妖魔族の魔物のことで、外見《がいけん》は妖精に酷似《こくじ》している。その性格は残忍《ざんにん》で、特徴《とくちょう》は黒髪に白い瞳《ひとみ》とされている。

ニーアは本人の言葉通り風属性の妖精なのだが、黒髪を持って生まれていた。その為にリックとティーナは勘違いしたのだ。

「すまんすまん、まさか黒髪の妖精がいるとは知らなかったんだ」

ニーアの剣幕に押されリックが謝《あやま》ると、ニーアはプンプン怒りながらヒイロの方に戻って行く。そしてヒイロの頭の上に降り立つと、ビシッとリックを指差して高らかに宣言した。

「今度間違えたらニーアちゃんキックを喰らわすからね！」

ニーアちゃんキックがどれ程の威力かは知らないが、リックはとりあえず了承《りょうしょう》の意を込めてコクコクと頷いた。

第4話　ゴブリンキング……？

「それで、これからのことなんだが」

ニーアの威嚇《いかく》が和《やわ》らいだのを見計《みはか》らって、リックが話し始める。

「どうやらゴブリンキングが出現してるみたいだから、俺達は引き上げようと思ってるんだ」

「ゴブリンキング？」

リックの言葉にヒイロが首を傾げる。

「ああ、ランクGのゴブリンの中に稀《まれ》に産まれる、ランクBの魔物だ。しかもゴブリンどもを統率《とうそつ》すれば、その脅威度《きょういど》はランクAになると言われている」

「ほお、それは強そうですねぇ」

もうヒイロの物知らずに慣れてしまっていたリックは、ゴブリンキングの脅威を説明する。だが、当のヒイロはその恐ろしさがいまいち理解出来ず、まるで他人事のように頷くのだった。

「おっさん、そんな他人事のように……相手はゴールデンベアを森の奥から追い立てたかもしれ……な、い……」

そこまで言いかけて、リックは先程ヒイロが同じことをやってのけた事を思い出す。

「あれ？　そんなに危険な状況じゃないのか？」

ここに来るまでに遭遇したゴブリンはヒイロが蹴散《けち》らし、バラバラになったところをリックとティーナがとどめを刺す、という戦法で切り抜けていた。勿論全体の七割はヒイロが倒しているのだが、ヒイロ自身、若者にも活躍の場をという考えが無意識に働き、そのような戦い方になっていた。

リックとティーナもそれなりに戦闘を経験してるので、これが自分達の腕前の成果とは思っていない。それでもゴブリンの数の割には苦戦しなかったことが、二人にゴブリンキング出現の脅威を薄れさせていた。

そしてここで、撤退《てったい》を考えていた二人の考えを鈍らす言葉が、ヒイロの頭の上から放たれる。

「二人とも、ファルマ草が欲しいんだよね？　ファルマ草の群生地ならぼくが案内するけど？」

若者二人の視線がその言葉を放ったニーアに集中する。そんな二人の反応に彼女はニヤリと笑い、更に追い討《う》ちの言葉を畳《たた》み掛ける。

「確かに今、この森にゴブリンキングが現れてるけど、要はゴブリンキングに遭《あ》わずにファルマ草の群生地に行けばいいんだよ。ちょっとゴブリンの数は多いけど、このおっちゃんがいればどうとでもなるじゃない」

「……そうか、そうだよな」

「うん。ヒイロさんが手を貸してくれて、ニーアちゃんが案内してくれるなら行けるよね」

ニーアの口車に若者二人が乗っかった。これが経験豊かな熟練《じゅくれん》の冒険者なら、自分達より遥かにランクが高い魔物がいる森からさっさと撤退するのだろうが、そこは経験の浅い二人。ニーアの提案の成功率がどのくらいなのか全く考えていなかった。

ゴブリン達は既に彼等の存在を認識しており、二十匹からなる自分達の部隊を撤退させた彼等を警戒している筈なのに、その辺のことは全く考えていない。

（いやはや若い。自分達の命を賭《か》け金《きん》にして利を取りに行きますか……まぁ、それも経験ですかねぇ。精々《せいぜい》お二人が危ない目に遭わないように、私が気を付けることにしますか。人間、欲に目が眩《くら》むと周りが見えなくなりますからね。それにしてもニーアさん、やっぱり何か企《たくら》んでいるみたいですね……会った時から態度でバレバレです。隠し事が出来ない

タイプは好感が持てますけどねぇ）

若い二人と妖精のやりとりを黙って見ていた人生経験だけは豊富なヒイロは、若者が失敗するまでは年長者は黙って見守るものと、二人に任せることにした。

西に傾《かたむ》いた日が空を茜色《あかねいろ》に染め始めた頃、ヒイロ達は森の中を走り続けていた。

「まずい！　日が暮れたら夜目《よめ》の利くゴブリンの方が有利になる。早くファルマ草の群生地に行かないと」

「はぁ……はぁ……私はもうダメ……皆、私に構わず……」

「何を死亡フラグを立てようとしてるのですかティーナさん！　パーフェクトヒール！」

「ありがとうございますヒイロさん」

ゴブリンとの幾多の戦闘を繰り返し、疲れてはヒイロがパーフェクトヒールで体力を回復させ、一行は森の中を突き進む。

「ストーップ！」

そして突如《とつじょ》、ニーアが一行に停止を呼びかける。

「どうしたニーア」

「ここの藪《やぶ》を突き抜ければ近道になるよ」

リックの問いに、ニーアが身《み》の丈《たけ》を超える藪《やぶ》を指差して答える。しかし、その言葉にヒイロは眉《まゆ》をひそめた。

「本当にここを抜けるのですか？　何やら藪《やぶ》の向こうにとんでもない数の気配を感じるのですが……」

「ちっ、【気配察知】持ちだったか……」

ヒイロの疑問に舌打ちをするニーア。

「ニーアさん？」

その態度にヒイロが疑問を持つと同時に、ニーアはヒイロの頭から飛び立つ。

「ニーアさん、さっきから何を……」

「ニーアちゃんキーーーーック‼」

ニーアが飛び立った後方を振り向こうとしたヒイロの背中に、ニーアが全力の飛び蹴りを喰らわせた。

「おおおおっ⁉」

小さな妖精が放ったとは思えない威力の蹴りに、ヒイロはたたらを踏みながら藪《やぶ》に突っ込んでしまう。

「痛たたた……ニーアさん何を……す、る……」

ニーアに抗議《こうぎ》をしようとしたヒイロだったが、目の前を埋め尽くす大量のゴブリン達の視線を一身に受け、その言葉は尻すぼみに消えていった。

藪《やぶ》の向こう側はサッカーコート程の広さがある広場になっていた。そしてそこを埋め尽くすような数のゴブリンの群れがたむろっており、その全てがヒイロを凝視している。

ヒイロは緊張しながら広場を見渡す。一段高くなっている広場の奥には、本当にゴブリンか？　と疑いたくなるような二メートル程の顔の彫《ほ》りが深いマッチョなゴブリンが、ポージングしながら品定《しなさだ》めでもするようにヒイロを見つめていた。

（……あれがゴブリンキングでしょうか？　妙に筋肉を主張してますが……）

あまりのゴブリンの数に、状況確認をしながら半分現実逃避《とうひ》気味のヒイロ。更にその思考はゴブリンを離れ、ニーアの思惑《おもわく》の考察に移る。

（いやはや、これがニーアさんの目的だったのでしょうか？　状況的には私をゴブリンキングにぶつけて倒して貰うってところでしょうかね。しかし、この数は……）

今自分が置かれている状況を確認し、ため息が出てしまうヒイロ。

ヒイロがいくら強くても、所詮《しょせん》は昨日まで戦闘経験皆無《かいむ》だったおっさんである。圧倒的な数を前にしてしまうと、たとえそれを圧倒する力があったとしてもどうしても腰が引けてしまっていた。

（頑張《がんば》ってなんとかなる戦力差なのでしょうか？　しかし、こんな状況でリックさん達に参戦してもらう訳にもいきませんよね……圧倒的な数の敵を前に主人公が突っ込んで行く……まるでアニメの最終回直前ですよねぇ～。それを異世界に来て初日で味わうことになるとは……仕方がありません。とりあえず50パーセント程で様子を見ましょうか。それで無理そうなら100パーセントでリックさん達を連れて逃げればいいでしょう）

危機的状況に置かれて常人なら混乱するところだが、【超越者】により精神力が底上げされているヒイロは、思いの外《ほか》冷静に、それが適切な戦力分析だと判断する。実のところ、ゴブリンを相手にするにはあんまりなオーバーパワーなのだが、平凡なおっさんは自分をとんでもなく過小評価《かしょう》してしまう。

そのヒイロのやる気を感じ取ったのか、マッチョゴブリンはサッと手を上げ配下のゴブリン達に指示を出す。指示を受けた集団は、手に持つ武器をヒイロに向けて一斉に攻撃を開始した。

「では、やりますか――【超越者】50パーセント！」

眼前に迫り来るゴブリンの大群《たいぐん》を前に、ヒイロは背後で状況を見守るリック達が心配する中【超越者】の力を解放させる。

「おいおい……おっさん、とうとうゴブリンと戦い始めたぞ」

「うわっ、でも一方的だよ」

ヒイロをゴブリンの集団に蹴りやったニーアを非難していたリックとティーナだったが、ヒイロがゴブリンを蹂躙《じゅうりん》し始めたのでそれを中断し、藪《やぶ》の陰からヒイロの戦闘を見守っていた。

「あははっ、ほら、おっちゃんに任せておけば問題無いでしょ」

リック達の言葉を適当に聞き流していたニーアは、突如始まったヒイロの一方的な蹂躙《じゅうりん》を見てはしゃぎ始める。

「……ねぇ、私達も手を貸さなくていいのかな？」

「……俺達の手、必要か？　逆に俺達が出て行ったら邪魔《じゃま》になるだろ」

ティーナの提案に、リックが戦場を見てそう分析する。

ヒイロは近付くゴブリンを片っ端《かたっぱし》から殴りつけていたのだが、殴られたゴブリンは原形を留《とど》められず、細かい肉片になって霧散《むさん》していた。

また、たまに放つエアブレードは【超越者】１パーセントの時とは比べものにならない程巨大な刃となり、その進路上のゴブリンを五、六十匹まとめて切り裂いている。

あの戦場に立ち、ヒイロの攻撃の邪魔をしないようにゴブリンを倒す自信はリックには無かった。

「……そうね、下手《へた》をしたら私達がヒイロさんにやられちゃうわね」

「だろ、それよりもあれがおっさんの全力か……えげつないな」

「……リック、多分、ヒイロさんまだ本気じゃないよ。さっき、ヒイロさんは50パーセントって言ってたもの」

ティーナの言葉に、リックはヒイロを呆然と見るティーナの横顔をまじまじと見つめた。

「マジか……あのおっさん、本当に人間なのか？　実はドラゴンが化けてるってオチじゃないだろうな」

「ははっ、それはありえるかもね。一般常識も大分欠けてるみたいだし」

リックとティーナがヒイロを人間じゃないと結論付けようとしている頃、ヒイロは段々ノリノリになってきていた。

（50パーセントで結構いけるものですねぇ。ちょっとオーバーキルのような気がしますが……ん？）

攻撃すれば一撃必殺、攻撃を受けてもダメージらしいダメージを受けない中で、ヒイロはこの戦いに心のゆとりを持ち始めていた。そんな中、ヒイロはマッチョゴブリンが逃げる素振《そぶ》りを見せているのを発見する。

（部下に私を抑えさせて、勝ち目が無ければ自分は退散《たいさん》ですか。それは認められませんねぇ）

「チェイスチェーン！」

ヒイロの手の中に現れた光の鎖が、マッチョゴブリンに向かって一直線にその先端を伸ばしていく。そしてマッチョゴブリンの胴体に絡《から》みついた。

「ギャギィッ！」

胴体に鎖が巻き付き驚いたマッチョゴブリンは、咄嗟に鎖を握り外そうとするが、巻き付いた鎖はビクともしない。

「その筋肉が自慢なのでしょう。さあ、力比べといきましょうか！」

周りからのゴブリンの攻撃をものともせず、アドレナリン出まくりのおっさん。若者の手前、鳴りを潜《ひそ》めていたハイテンションな顔が見え隠れし始め、チェーンをクイックイッと引っ張りマッチョゴブリンとの綱引《つなひ》きを所望《しょもう》する。

「ギャギィゲェ！」

ヒイロのジェスチャーを理解したのか、マッチョゴブリンは彼に応じるように自分の胴体から伸びた鎖を握りしめると、小馬鹿にしたような笑みを浮かべる。そしてそのまま力一杯引き始めた。

実際、体格差や見た目の筋肉量からすれば、ヒイロがマッチョゴブリンに力比べで勝てる要因は、全く見受けられない。ヒイロの実力の一端《いったん》を知ってる筈のリックやティーナですら、ちょっと無謀《むぼう》なのではと思った程だ。

しかし、マッチョゴブリンがいくら力を込めて鎖を引いても、ヒイロはビクともしなかった。

「そんなものですか……では、こちらも引かせていただきます！」

ヒイロがそう宣言して一気に鎖を引くと、一瞬でマッチョゴブリンの身体が宙に舞った。

信じられないというような表情のマッチョゴブリンは、数いるゴブリン達の頭上を飛び越え、そのままヒイロの手前の地面に轟音《ごうおん》を立てて叩きつけられる。

「ふう……やはり50パーセントはやり過ぎだったのですね。相対《あいたい》する敵の力量が見切れないというのは、とかく不便なものです」

全力で引いた訳でもないのにマッチョゴブリンが宙に舞ったことで、ヒイロはようやく【超越者】の力を上げ過ぎている事に気付いたようだ。

「グッゲギャッ」

マッチョゴブリンが何事か言いながらよろよろと立ち上がると、ヒイロはそれを哀《あわ》れむように見つめる。

「貴方には何の恨《うら》みも無いのですが、まあ、先に仕掛けて来たのは貴方の方ですし、これも弱肉強食の摂理《せつり》と諦めてください」

ヒイロはそう断りを入れると、マッチョゴブリンに向かってエアブレードを放った。

「やったー！　まさかこんなに一方的にゴブリンキングを倒すなんて、おっちゃん凄いじゃない！」

マッチョゴブリンの胴体が真《ま》っ二《ぷた》つになり、それを見た他の生き残ったゴブリン達が方々に逃げ出し始めると、ニーアが藪《やぶ》の陰から出て来てヒイロの周りを飛び回りながら歓《かん》喜《き》する。

ヒイロはそのニーアの姿を見て一つため息をつくと、真顔で口を開いた。

「ニーアさん、貴方の目的はこのゴブリンキングの討伐のようですが、理由を聞かせてもらってもよろしいですか」

「それは私からお話ししましょう」

ヒイロがニーアに理由を聞くと、その答えは頭上から返ってきた。

突然の声に彼が見上げれば、もう暗くなった空から光り輝く妖精が十人程降りてくる。

妖精達はヒイロの目線の高さまで降りてくると、一礼してから代表格と思《おぼ》しき者が話し始めた。

「この度はゴブリンキングを倒していただいたようで……私はこの森にある妖精の郷《さと》の警備隊長を務めるレリアスと申します」

「これはご丁寧に、私はヒイロ。それと……」

そう言ってヒイロが藪《やぶ》の方に目を向けると、その陰からリックとティーナがガサゴソと出て来た。

「彼等はリックとティーナです」

ヒイロがそう紹介すると、二人は紹介に合わせて頭を下げる。

しかしレリアスはリック達の方を向いて挨拶を返すと、そちらには興味が無かったのかすぐにヒイロへと向き直った。

(妖精族というのは分かりやすい性格をしてるみたいですね。興味無き者には必要最低限の対応ですか……）

ヒイロがその対応に苦笑《にがわら》いを浮かべていると、ニーアが嬉しそうにレリアスに近付いていった。

「隊長！　ぼくやりましたよ！　このおっちゃんを使って、邪魔なゴブリンキングを倒すことに成功しました！」

ニーアは嬉しそうに報告するが、レリアスのニーアを見る目は冷《ひ》ややかだ。

「そうですか……しかし、他の種族の方に迷惑をかけるやり方は感心しませんね」

そうレリアスが言い放つと、ニーアは表情を悲しげなものに変え、肩を落とした。

「でも……」

「でも、ではありません。貴方には妖精族としての矜持《きょうじ》が無いのですか？　これだから黒髪持ちは困るのです」

そこまで言われ、ニーアは俯《うつむ》いて黙ってしまった。レリアスはそんなニーアに一瞥《いちべつ》をくれると、ヒイロに向き直る。

「申し訳ありません。ヒイロさんといいましたか？　一応、我《わ》が郷《さと》を狙っていたゴブリンキングを倒していただいたお礼は言っておきます。ですが、我々もゴブリンキングを退ける作戦を遂行中《すいこうちゅう》だったもので、倒してもらったといってもあまりありがたみは無いのですよ」

レリアスの言いように、ヒイロは苦笑いのまま固まってしまった。

「しかし、だからと言って何も礼をしないというのも妖精族として恥《はじ》というもの。ですから、そこにいるニーアを貴方の従者《じゅうしゃ》として与えましょう」

その言葉に俯いていたニーアの肩がわずかに震え、ヒイロは眉をひそめた。

「くすくす、流石隊長。あのニーアなんかに騙《だま》された馬鹿な人間に、妖精族の面汚《つらよご》しを押し付ける気だわ」

周りの妖精達は、そんな事を囁《ささや》き合いながらくすくすと笑っている。その様子から、ヒイロは彼女の置かれている環境《かんきょう》を理解した。

（そうですか……ニーアさんは一族に認めてもらいたくて、私を利用してゴブリンキングを倒したのですね……）

ヒイロもかつては会社の為に我武者羅《がむしゃら》に働き努力したものの、業績《ぎょうせき》は全く伸びずに周りから白い目で見られていた時期があった。

得てして社会とは功績《こうせき》に繋がらない努力は認めてくれないものと、自分の経験から理解していたヒイロは、結果を出しながらそれでも認めてもらえないニーアにひどく同情してしまった。

（ここで私がニーアさんを引き取れば、彼女が今まで一族に認めて貰おうと努力してきたことが全て無駄《むだ》になるかもしれない……しかし、このまま妖精達の下《もと》に残るのもいいこととは思えませんねぇ……）

そう思いながら、ニーアに目を向けるヒイロ。彼女は俯いて肩を震わせながら、ジッと宙に立ち尽くしていた。

（ここから逃げ出したい心境でしょうに……年下の上司から業績が上がらないことを責《せ》められていた私も、他の方から見ればあんな感じだったのでしょうか）

過去の自分を見ているようで遣《や》る瀬《せ》無《な》い気持ちになったヒイロは、意を決してレリアスの方に目を向けた。

「分かりました。ニーアさんをありがたく預《あず》からせていただきましょう」

ヒイロの言葉を聞き、目に涙を浮かべていたニーアはヒイロに振り向き、レリアスは冷たい笑みを浮かべたままコクリと頷く。

「では、確かにニーアを預けましたよ」

妖精達はそう言うと、ニーアには目もくれず夜空へと消えていった。

「なんだあいつら……妖精ってのは皆あんなに高飛車《たかびしゃ》なのかよ」

妖精達が消えていった夜空を見上げ、不快そうにリックが呟く。

「う〜ん、妖精って住んでる地域で色々な性格の妖精がいるらしいから、たまたまこの森の妖精が性格悪かっただけじゃないかな」

ティーナの説明に本当にそうあって欲しいものですと思いながら、ヒイロはニーアに向き直った。

「ニーアさん。そういう訳なのでこれからよろしくお願いします」

「ふん、仕方ないからついて行ってあげる」

軽く頭を下げるヒイロに、ニーアは少し顔を赤らめながらそっぽを向いて、素《そ》っ気《け》なく答えるのだった。


「それにしても隊長、ゴブリンキング討伐の作戦を遂行中だなんて私、知りませんでした」

「うんうん、流石隊長ですね。そんな凄い作戦を一人で考えて誰にも気付かれずに遂行してるなんて」

妖精の隠れ郷に向かう途中、隊員の妖精達は、誰も知らされてなかったゴブリンキング討伐作戦のことをヒイロに話していた隊長を褒め称《たた》える。ゴブリンキング率いるゴブリンの群れに対して、何の手も打てないと思っていたのである。

しかし、当の本人であるレリアスは小さなため息をついた後、意地の悪い笑みを浮かべる。

「そんな都合のいい作戦あるわけがないでしょう。あれは、ニーアやニーアに騙された馬鹿な人間達に、恩を売ったと思わせない為の方便《ほうべん》です」

そう言われた隊員達は一瞬、キョトンとしたが、すぐにレリアスと同質の笑みを浮かべる。

「流石隊長！　そうよね、あんな低俗《ていぞく》な奴らに恩なんか売られたらたまらないものね」

「うん、うん、そんなアドリブが咄嗟に出るなんてやっぱり隊長は凄いよね」

妖精達はニーアとニーアに騙されたヒイロ達を小馬鹿にしながら、和気《わき》あいあいと隠れ郷に帰って行った。


「ふむ、ゴブリンの核《かく》やら牙《きば》やら爪やらが大分溜《た》まりましたねぇ」

広場に転がるゴブリンの死体を次々と時空間収納に入れ、解体しながらヒイロは、ゴブリンの素材が一体何の役に立つのか頭を悩ませていた。

今日の寝床を視界の良いこの広場にしようということになり、邪魔なゴブリンの死体を片付ける役をヒイロが受け持ち、手際よく片付けていたのだが……段々、本当にゴミ拾いをしているような気分になっていた。

「ゴブリン自体レベルの低い魔物みたいですから、売っても二足三文《にそくさんもん》なんでしょうねぇ」

そんなことを呟きながら、ゴブリンの死体を全て収納し、解体し終わったヒイロは、最後に残ったマッチョゴブリンに目を向ける。

「これはランクBらしいですから、それなりの値段で売れるんじゃないでしょうか」

リック達との会話から、エンペラーレイクサーペントの素材は市場に出したら大騒ぎになるのでは？　となんとなく考えていたヒイロ。当面の旅費には、ゴールデンベアとマッチョゴブリンを充《あ》てようと思っていた。

「ふふっ、ゴブリンキングはどんな素材になるので……しょ……」

マッチョゴブリンを収納し、ワクワクしながら解体しようとしたヒイロは、収納内の一覧にゴブリンジェネラルと書いてあるのを見てその場で固まってしまった。

（このゴブリンは、ゴブリンキングではなかったのですね……ということは、ゴブリンキングはまだ健在《けんざい》……）

これは大変なことだと一瞬ヒイロは考えたが、妖精の言葉を思い出しすぐにその考えを改める。

（ゴブリンキング討伐作戦の邪魔をして、妖精達のプライドを大分傷付けてしまったみたいですからね……ゴブリンキングがまだ健在であるなら、それを妖精達に任せれば彼等の面子《めんつ》も保たれることでしょう）

ヒイロは妖精族への配慮《はいりょ》からそう考える。

実際はゴブリン達に対して何の対策も取れず、しかも恩人を恩人とすら思わずあまつさえ小馬鹿にすらした妖精達は、自分達の見栄《みえ》から出た嘘によりその身を窮地《きゅうち》に追いやることになる。しかしそれを知らないヒイロは、全く悪意の無い満面の笑みを浮かべつつ妖精の郷滅亡《めつぼう》のフラグを立てるのだった。


翌日、ニーアの案内でファルマ草の群生地を訪れた一行。

見える範囲一面、紫色の小さな花を咲《さ》かせたファルマ草の群生地を見た瞬間、リックとティーナは歓喜の声を上げた。

「すごーい！　こんな大規模なファルマ草の群生地初めて見た」

「群生地っていうだけあるな。一体、どれだけファルマ草を採取出来るんだ？」

「そんなに凄いのですか？」

他の事例を知らないヒイロが興奮する二人に尋ねると、二人は凄い勢いでコクコクと頷く。

「普通は一ヶ所に五、六本ちらほらと生えてる程度なんです。ですから十本揃えるのが大変で……」

「でも、ここなら取り放題だぁ！」

リックはそう叫ぶと群生地の中に飛び込んで行き、ティーナもそれに続く。

「は〜、人間はあんな草をありがたがるんだね」

狂喜乱舞《きょうきらんぶ》する二人を見ながら、ニーアが若干引き気味に呟く。

「まぁ、お二人にとってはお金が落ちてるようなものですからね、少しばかりはしゃぐのも仕方がないでしょう」

「少し……ねぇ……」

目の色を変えて必死にファルマ草を摘《つ》む二人を見て、『あれで少しなら、全力ではしゃいだらあの二人はどうなるの？』と思うニーアだった。


リックとティーナがファルマ草を袋に詰め込めるだけ詰め込んだ後、ヒイロは二人を湖のすぐ脇《わき》を通る街道まで送ることにした。まだゴブリンの群れやゴールデンベアがうろついているだろうと心配しての配慮である。ところが実際に出てきたのは、ドリルのような角《つの》を生やしたホーンラビットや、体長六十センチ程のネズミのビッグラットなど、リックやティーナでも対処《たいしょ》出来るランクE以下のモンスターばかりであった。

実は、ゴールデンベアやゴブリンも近くに現れていたのだが、ヒイロの姿を視認《しにん》するとそれらは一目散《いちもくさん》に逃げていたのだったが。

「まったく、人を化け物みたいに……」

逃げて行くゴブリンやゴールデンベアを【気配察知】で確認していたヒイロは、心外だと言わんばかりに呟く。しかしそれを聞いたニーアはヒイロの頭の上で「いやいや、ヒイロは十分化け物だよ」と突っ込み、リックとティーナがうんうんと、静かに頷いてみせた。

「あ～あ、とうとう着いちゃったか」

日が真上に差し掛かった頃、街道へと辿り着くとティーナが名残惜《なごりお》しそうに呟く。

「ヒイロさん、やっぱり私達と一緒に来ません?」

ここまで来る道すがら何度となく繰り返した誘いを、ティーナはもう一度ヒイロに投げかけるが、ヒイロは首を静かに左右に振った。

「申し訳ありませんが、まだ力の調整に自信がありませんので、もう少しこの辺りで練習してから町に行きたいと思います」

これもティーナから誘われる度に答えるヒイロの断り文句。現実として、ここに来るまでに現れた低ランクの魔物は、ヒイロの精一杯《せいいっぱい》の手加減攻撃を受けて文字通り肉塊と化している。これはヒイロにとっては死活問題であり、常に身近にいる人間を事故で死なせてしまう可能性があることを意味していた。

「別に一生会えない訳じゃないんだから、そんなに落ち込むな」

ションボリと肩を落とすティーナに励《はげ》ましの言葉をかけ、リックはヒイロに手を差し出す。

「おっさん、世話になったな」

「いえいえ、こちらも楽しかったですよ」

ヒイロはそう答えて、差し出された手に手の平をそっとくっつける。

「おっさん？」

握手のつもりで手を差し出したリックは、ヒイロが手を握らないことに疑問を抱いたが、ヒイロは少し困ったような笑みを浮かべる。

「すみません。力加減を間違えると、手を握り潰してしまいそうで……」

「……ははっ、おっさんらしいや」

ヒイロが困った笑顔のまま答えると、リックは苦笑いを浮かべ、一方的にその手を握った。

閑話《かんわ》1　創造神の暇潰《ひまつぶ》し

「あははは～、おっさん喰われちゃった」

天界で暇《ひま》を持て余していた面倒臭がりな創造神は、自分が間違えて落とした博を上から見下ろして楽しんでいた。

「いや～、これは死んじゃったかな～。だとすると異世界に召喚されて約五分、最短記録だね」

創造神にとって、勇者召喚は娯楽《ごらく》の一部だった。確かに一部の魔族がその力を誇示《こじ》し他の部族を弾圧《だんあつ》し始めたのは確かだが、それでこの世界が崩壊《ほうかい》する訳ではない。実際問題、この世界で誰が頂点に立とうとも、この世界の維持が仕事である創造神にとっては関係の無い話なのである。

では何故異世界から勇者を呼んだのか。

それは、代わり映《ば》えしなくなったこの世界への変革の一石であり、それにより起こるハプニングを創造神が楽しむ為であった。

それは【超越者】と【全魔法創造】という、人間離れしたスキルを得た山田博も例外ではない。

「ん？」

山田博を呑み込んだエンペラーレイクサーペントの体内で、【一撃必殺】の使用を確認した創造神は、興味を失いかけていた博に再び目を向ける。

「ははっ、もう【一撃必殺】を使っちゃったんだ。まぁ、あの状況じゃ仕方ないよねぇ～……おっ、レベルアップか。よし！　そんな湖に落としたお詫《わ》びに、ちょっとだけ協力してあげよう」

お詫びと言いながらも悪《わる》びれた様子など全く見せない創造神は、博のレベルアップ効率を一瞬だけ百倍に引き上げる。

「本当は既にこの世界に入っちゃった人に僕が手を貸すのは反則なんだけどね。まぁ、今回は仕方ないよね……あっはっはっはっ、一回でレベル1000オーバーだって！　ありえねぇ」

誰への言い訳だったのか、自分の世界への介入《かいにゅう》の正当性を主張しながら博の様子を見ていた創造神だったが、博のレベルが大幅《おおはば》に上がったのを見て、ゲラゲラ笑い転げる。しかし、彼のステータスを見てその笑いがピタッと止まった。

「レベル1000オーバーで能力値100ちょっとだってぇ？　……おっさん、無能者だったのか……くっ、くくっ、あっはっはっはっ！」

まじまじと博のステータスを確認して、あまりの低さに一瞬眉をひそめた創造神だったが、その理由を理解してまた大声で笑い始める。

——無能者。

人は本来、何らかの才能を持って生まれてくるものである。それらが努力によって開花するように、創造神はこの世界の理《ことわり》を設定していた。これは、博が元いた世界でも使われていた理である。

この世界ではそれがレベルやステータスなどで、目に見えて分かるようになっているのだが、稀《まれ》にいくら努力しても、いくらレベルを上げても、全く成長を見せない人間がいた。

創造神はそんな人間を欠陥品《けっかんひん》の人間——無能者と呼んでいた。

「くっくっくっ、やっぱり日本にも無能者はいたんだねぇ……本来ならいくら努力しても開花させる才能の無いおっさんが、【超越者】と【全魔法創造】というとんでもない才能を得て、この世界に召喚された訳か……あのおっさんの召喚は間違いなく日本の神の手違いだろうけど、ふふっ、その手違いで送られた無能者のおっさんが歴代《れきだい》の勇者の中でも最強って訳だ。これは面白《おもしろ》いや」

創造神はワクワクしながら博の観察を開始した。

「あははっ、何で【超越者】の力の調整があんなに下手なのかね。普通、【超越者】の力の調整は設定したパーセント内で想像通りに調整出来る筈なのに……くくっ、【格闘術】を取得したのに何？　あの不恰好な攻撃。武術系のスキルはある程度動きを最適化する筈だろ。どこまで不器用なんだあのおっさん。それとも無能者はスキルの能力を十全に使えないのかな？　こりゃ【超越者】も苦労するわ……見た感じ、動きの無駄を無くそうと四《し》苦八苦《くはっく》してるみたいだね。今のところ、おっさんの身体に染み付いた無駄だらけの動きの方が【超越者】と【格闘術】の補正を上回《うわまわ》ってるみたいだからね。あれ、調整出来るのかなぁ」

スキル達の苦労をケラケラ笑いながら見る創造神。そして博がヒイロと名乗ったのを見て──

「へぇ～おっさん、ヒイロって名乗ることにしたんだ。よし！　ステータスの名前を変えてあげよう」

介入は反則と言っておきながら、その方が面白いんじゃないかと色々と手を加えるのだった。

「あ~あ、そいつはゴブリンキングじゃないよ。ゴブリンキングは……」

ヒイロがゴブリンジェネラルを倒し、ゴブリンキングを倒したと思い込んでいるのを見て、創造神は本物のゴブリンキングに目を向ける。

「あー、ありゃあ完全におっさんを警戒しちゃってるね。こりゃあ、おっさんに近付かないだろうなぁ。これでおっさんが去った後にゴブリンキングが妖精達の力を取り込んだら……もしかしたらゴブリンキングはゴブリンエンペラーに進化するかもね。ふふっ、ゴブリンエンペラーの出現は何百年ぶりだろう」

創造神は空を仰《あお》ぎ、その時の記憶を確認し始める。

「前回出現したゴブリンエンペラーは、ゴブリンのくせに魔王を名乗って大暴《おおあば》れしたからなぁ。あの時も地球の神に勇者を都合してもらったんだっけ。確か、勇者側も五人くらい死んじゃったんだよね。今回は他の勇者達には魔族の対応をしてもらってるし……ふふっ、もしゴブリンエンペラーが出現したらおっさんに責任を取ってもらうしかないよね」

地上の者達にとってはとんでもない事態になろうとしてるのだが、創造神はどこか楽しげにヒイロに問題を押し付けることを計画する。

「さぁ、これからしばらくは楽しめそうだね」

今回の勇者召喚は想像以上に楽しめそうだと、創造神は満面の笑みを浮かべて呟いた。

第5話　おっさん同士の抗争《こうそう》と和解《わかい》

「見てくださいニーアさん！　ついに、ついに力の加減が可能になりましたよ！」

「あーはいはい。よかったね」

初日にヒイロが落ちた湖の静かな湖面を、西の山間に沈《しず》む夕日が赤く染める頃。その湖岸で鳥の卵を割らずに握った両手をブンブンと振るおっさんに、ニーアは興味無さげに答えた。

リック達と別れて三日が経つというのに、ヒイロ達はまだここにいた。理由は簡単。ヒイロが【超越者】を使いこなせなかったからだ。

ニーアは当初、さっさと人間の町に行きたいとヒイロに訴《うった》えた。ところが自分の力に若干の恐怖を感じていたヒイロは、それを使いこなせるようになるまではと、普通なら簡単に使いこなせる筈の【超越者】を使いこなす為に、三日間必死に頑張ったのだ。

「これで、やっと人間の町に行けるんだね」

やれやれといった感じでため息をつくニーアに、ヒイロは満面の笑みで頷く。

「お待たせして申し訳ありませんでした。これでやっとスタート地点に立てます」

「……スタート地点？」

ヒイロの言い回しに少し引っかかりを覚えたニーアは、訝しげにヒイロに尋ねる。

「あー、言ってませんでしたよね」

「……何を？」

「私は悪さをする魔族を倒す為に、神様からこの地に遣《つか》わされた者なのです」

「……はぁ～っ⁉」

静かな湖畔《こはん》に、ヒイロの常識外れのセリフを聞いたニーアの呆れかえった叫びが木霊《こだま》した。


「なるほど……到底理解出来る話ではないけど、とりあえずは理解したよ」

ヒイロから「ニーアさんには話しておいた方がいいでしょう」と前置きされ、彼がこの地に来た経緯《けいい》を聞かされたニーアは、こめかみを押さえながらそう答えた。

「それは何よりです」

ニーアの混乱をよそに笑顔でそう言うヒイロを、彼女はジト目で睨む。

「で、ヒイロはその魔族とやらを倒しに行くの？」

「既に他の勇者の方々は活動を始めているでしょうから、そのつもりですが」

「……で、その魔族とやらは何処にいるの？」

「……知らないのですか？」

この世界に住むニーアならてっきり知っているものだと思っていたヒイロは、ビックリしながらニーアに尋ねる。

「何でぼくに聞くかな。言っとくけど、この付近で危険な魔族の話なんて聞いたことないよ」

「……マジですか？」

「マジです」

ニーアがそう答えると、ヒイロは頭を抱えた。

（ニーアさんが知らないというのは、どういうことなんでしょうか？　……可能性としては魔族の活動している場所から離れていて、妖精の情報網《もう》に引っかからなかったことが考えられますが、だとしたら神様は何故そんな離れた場所に私を落としたのでしょう？）

実は創造神の単なる間違いなのだが、神がそんな間違いを犯《おか》すなど夢にも思っていないヒイロは、その間違いに理由を求めてしまう。

（これは、この付近で私にやらせたいことがあるということですね。だとすれば、私のすべきことはとりあえずこの辺りを回りながら情報収集といったところでしょうかね？）

「あのさぁ、今日はもう遅いし、面倒臭いことは明日移動しながら考えればいいんじゃないかな？」

基本行き当たりばったりな性格のニーアが、分からないものを考えても仕方がないと言わんばかりにそうヒイロに進言《しんげん》する。

「確かにそうですね。私が考えて答えが出る訳でもありませんし、とりあえず野営の準備をしますか」

ヒイロは考えを一旦中断し、昨夜使った焚《た》き火跡《びあと》へと目を向けた。

「ファイア」

そう唱《とな》えたヒイロの手の平の上に、野球ボール大の火の玉が現れる。その火の玉を焚き火跡にヒョイっと放ると、勢いよく焚き木が燃え上がった。

ヒイロが今使った魔法はファイア。元々この世界にあった魔法で、ヒイロが火を点《つ》ける為だけに【全魔法創造】から引き出した魔法である。実はこのファイア、火魔法系の基本でありながら現在、この世界で使う者はほとんどいない。

何故ならファイアはただ炎を生み出すだけの魔法であり、自動で飛んで行く機能が無いからだ。同じ火魔法系ならば任意の方角に飛ばせるファイアーアローやフレイムランスの方が、攻撃魔法として使い勝手がいいのである。

では何故ヒイロがそんな不遇《ふぐう》魔法を取得したのか。それはヒイロが火の玉を投げつける某ゲームの主人公を想像したからだ。

停止画でそのイメージを感じ取った【全魔法創造】は、迷《まよ》わず球体の火の玉を生み出すファイアをヒイロに取得させたのである。

「ねえ、ヒイロ。今日の夕食もゴールデンベアのお肉なの？」

蓮《はす》の葉に似た葉っぱを円錐《えんすい》状にして、その中に水を生み出すだけの魔法ウォーターで水を入れていたヒイロは、ニーアの不満げな声を聞いてそちらに顔を向ける。

「そうですねぇ……ゴールデンベアは美味しいですけど、三日連続では流石に飽《あ》きますよね」

「そーだよ。もう飽き飽きだよ」

両手をブンブンと振り回し不満をアピールするニーアを見ながら、ヒイロは思案する。

（葉物の方は【植物鑑定《かんてい》】を持っているニーアさんが色々取ってきてくれましたけど、主食の方は私が力の制御《せいぎょ》にかかりっきりだったばっかりに、在庫のゴールデンベアばかりでしたからねぇ……あっ！　そういえばアレがありました）

ヒイロは時空間収納の中にゴールデンベア以外の食材が入っていることを思い出し、それをひと塊《かたまり》取り出した。

「えっ、それなあに？」

ヒイロが取り出した白みがかったサーモンピンクの肉塊を見て、ニーアが興味津々に聞いてくる。

「ふふっ、美味しいかどうかは分かりませんが、とりあえず食べてみましょう」

ヒイロは勿体ぶりながら肉を木の枝に刺し、焚き火で炙《あぶ》り始める。

「ふふ～ん、このお肉はどんな味かなぁ」

ご機嫌に周りを飛び回るニーアを微笑《ほほえ》ましく見ていたヒイロだったが、突然【気配察知】が反応し、素早くそちらに視線を向けた。

「どうしたの、何か来るの？」

ヒイロの緊張感が高まったのを感じたニーアが、彼の後頭部《こうとうぶ》に隠れながら尋ねる。

「分かりませんが、確かにこちらに向かって来る者がいます」

既に薄暗くなり視界が悪い中、ヒイロが必死に目を凝《こ》らしていると、その視界に微《かす》かに人影が確認出来た。

「人……ですか？」

「ほう、こんな所で野営をしている命知らずがいるとはな」

ヒイロが辛《かろ》うじて人じゃないかと推測していると、それに答えるかのようにその人影はヒイロに話しかけてきた。

「えーと、どちら様でしょうか？」

相手が人間だと分かり少し緊張を解《と》いたヒイロは、それでも油断はせずに人影に向かって尋ねる。

「おっと、こりゃ失礼。どうやら警戒させてしまったみたいだな」

暗がりの中から焚き火の明かりに浮かび上がったのは、身長二メートル程の筋骨隆々《きんこつりゅうりゅう》の厳《いか》ついおっさんだった。その威圧感満載《まんさい》のおっさんが首の後ろに左手を当て、笑みを浮かべながら申し訳なさそうに頭を下げている。

その光景をニーアは呆然と見つめていたが、ヒイロは友好的に接してきた相手に対して失礼が無いように即座に対応する。

「いえいえ、こちらが勝手に緊張しただけですから、お気になさらず」

ヒイロが笑顔で対応すると、厳ついおっさんは一瞬驚いた表情を見せた後、豪快《ごうかい》に笑い始めた。

「くっははっ！　俺に対して初見《しょけん》で平然と挨拶を返すとは、見た目に反して肝《きも》の据《す》わったおっさんだな」

自分の容貌《ようぼう》がいかに威圧的であるか、充分に理解している厳ついおっさんの褒め言葉に、冴えないおっさんの笑みがヒクついた。

「おっさん……いやいや、どう見ても貴方の方がおじさんでしょう」

若者におっさん呼ばわりされても平気だが、同年代に言われるのは我慢《がまん》出来なかったヒイロの言葉に、厳ついおっさんの笑みが消える。

「おいおい、何を言っている。どう見てもあんたの方がおっさんだろう」

「それはありえません。誰が見たって貴方の方が年上と判断しますよ」

「はっはっはっ、歳で目が悪くなってるんじゃないか？」

「いやいや、どっちもどっちだよ」

おっさん二人の言い合いに、ついつい思ったことをボソッと呟いてしまうニーア。

おっさん二人はその呟きを聞きつけ、血走《ちばし》った目で同時にニーアの方を振り向く。ニーアは引きつった笑みを浮かべながら、たじろぎつつ後退《あとずさ》りしてしまった。

「……言い合っても埒《らち》が明きませんね。どうです、ここは同時に年齢を言い合うというのは」

一回インターバルを取ったことで冷静さを取り戻したヒイロは、厳ついおっさんにそう提案する。

対する厳ついおっさんもヒイロの提案を聞き、望むところだと不敵な笑みを浮かべた。

「ああ、いいだろう。では行くぞ――」

「「せーの」」

「四十二！」

「三十九！」

言い合いの結果、ヒイロは絶望感漂う表情を浮かべ、厳ついおっさんは満足げに不敵な笑みを浮かべた。

「そんなバカな……三十代だなんて……まさかサバを読んでませんよね」

「がっはは、そんな卑怯《ひきょう》なマネはせんよ。せ、ん、ぱ、い」

ニヤつきながら先輩と呼ぶ厳ついおっさんを前に、敗北感に塗《まみ》れながら膝をつくヒイロだった。

「俺の名はバーラット。SSランクの冒険者だ」

「私はヒイロです。今のところ無職ですね」

「ぼくはニーア。ただの妖精」

どちらがよりおっさんか闘争を終結させ、とりあえずは和解《わかい》したおっさん二人と、危《あや》うくその闘争に巻き込まれそうになった妖精は、焚き火を囲んで座り自己紹介を始めた。ニーアは邪妖精に間違われるのが嫌らしく、先手《せんて》を打って妖精を強調して自己紹介する。

「ほう、バーラットさんは冒険者なんですか。しかもSS……ランク？」

「おいおいヒイロ、なんで後半が疑問形なんだ。まさか、冒険者のランクが分からないのか？」

「ええ、恥ずかしながら人里から離れて生活をしてたもので」

「人里から離れて、ねぇ……その変な格好もそのせいなのか？」

そう言いつつ、バーラットはヒイロのヨレヨレになった背広をまじまじと見る。

「やっぱり変ですか。私の国の服なんですけどねぇ」

「ほう、そうなのか……」

ヒイロに背広を国の衣装《いしょう》と言われ、バーラットは表情には出さずに訝しむ。

（まさかこのおっさん、他国の間者《かんじゃ》じゃないだろうな？　……いや、それは無いか。間者ならあんな目立つ格好をする訳がない。しかし、俺のスキル【勘《かん》】がこのおっさんが普通ではないと言ってるんだよな……悪いやつには見えんが仕方がない。面倒臭いが、念の為に少しこのおっさんを監視《かんし》するか）

表情には微塵《みじん》も出さずヒイロの品定めを完了させたバーラットは、ヒイロの疑問に答えるべく口を開いた。

「冒険者のランクは最低ランクのGランクから、最高ランクのAランクとなっていてな……」

「えー、じゃあSSランクってなんなのさ」

バーラットが説明を始めると、ニーアがすかさず茶々を入れる。

「これ！　ニーアさん、バーラットさんの説明がまだ途中でしょう」

ヒイロがニーアを注意すると、バーラットは「がっははっ」と豪快に笑った。

「そうだな、ＳＳランクがどのようなものか今の説明では分からんな。いいか、Ａランクになると、国から与えられるポイントというのがある。そのポイントが貯《た》まるとＳランク、ＳＳランク、ＳＳＳランクと段階を経た肩書きが国から与えられるんだ」

「それは……腕の立つ冒険者を国が押さえる為の肩書きですか？」

ヒイロがそう尋ねると、バーラットはニヤリと笑ってみせる。

「その解釈《かいしゃく》で間違ってはいないな。一応、国に仕《つか》える騎士などとは違って自由は認められているが、国の有事《ゆうじ》の際には強制的に出向《しゅっこう》せねばならん。まぁ、代わりに色々な権限《けんげん》は持てるがな」

バーラットはそこまで説明して、ふと、火にかけられた肉塊に目を奪《うば》われた。

「おっ！　この肉そろそろいい頃合いなんじゃないか？」

「おっと！」

バーラットに言われ慌てて肉を火から離すヒイロ。

「危ない危ない。危うく焼き過ぎるところでした。ありがとうございますバーラットさん」

「いや、それは構わないが何の肉なんだ？　見たことが無いんだが」

「ふふっ、バーラットさんも食べてみますか？」

勿体ぶるヒイロに、肉に目が無いバーラットが一も二もなく頷くと、ヒイロは「どうぞ」とたった今取り上げた肉を差し出す。

「おお、すまんな」

ヒイロから肉を受け取ったバーラットは、躊躇《ちゅうちょ》なく豪快に肉に齧《かじ》り付くと、そこで目を見開きその動きが止まった。

「うまっ！　何だこの肉は⁉　調味料などは使ってないみたいだが、肉自体の旨味《うまみ》で十分味が完成されている！　これは美味いぞー！」

「何を大袈裟《おおげさ》な……そんな口から光線でも出しそうな勢いで解説などして……」

夜空をバックに味の感想を言うバーラットを見て、苦笑《くしょう》しつつヒイロも肉を口に運ぶ。そして肉を噛《か》んだ瞬間、目を見開き――

「こっ……これは！　う！　ま！　い！　ぞーーーーー！」

ヒイロこそ口から光線を出しそうな勢いで叫ぶのであった。

「フフフッ、この肉ならアレが合いそうだな……」

美味い肉に夢中になっているヒイロ達をよそに、バーラットはニヤニヤしながら傍に置いていた麻袋をゴソゴソと探り始めた。それを見かけてニーアが首を傾げる。

「その麻袋、何か入ってるの？　ペッタンコで何も入ってないように見えるんだけど」

「うむ。この袋には色々入っているぞ。ほれ」

そう言いながらバーラットが麻袋から手を引き抜くと、その手には酒瓶《さかびん》が握られていた。

「ふわー！　何で何で」

麻袋に興味を惹《ひ》かれたニーアが、麻袋に近付きまじまじと見つめる。バーラットはそんなニーアの様子を楽しげに見つめながら、得意げに解説を始めた。

「これはマジックバッグだ。しかもこいつは城の宝物庫に眠っていたのをSS級の特権で貰ってきた、容量数百のレア物だぞ」

本当に特権で穏便《おんびん》に貰ってきたのか怪《あや》しいバッグを、得意げに掲げるバーラット。

「ほうほう、これがマジックバッグですか」

肉に夢中になっていたヒイロも、物珍《ものめずら》しげにバッグを見つめる。

「ふふっ、俺はこれのおかげでほとんど手ぶらで旅が出来るんだ。ところで――」

そこまで言うと、バーラットはマジックバッグから更にガラスのコップを出し、ヒイロへと差し出す。

「ヒイロもイケる口なんだろ。俺の勘がそう言ってる」

何の根拠《こんきょ》があるのか分からないが自信ありげに差し出されたコップを、ヒイロはニヤリと笑って受け取る。

「ええ、嫌いではないですね」

「だろうな。ふふっ、こいつは上物《じょうもの》だぞ」

そう言ってバーラットはヒイロのコップに酒を注いだ。

「そういえばバーラットさんは、何故このような時間にこんな場所へ？」

ブランデーに似た琥珀色《こはくいろ》の液体をチビチビとやりながら、ヒイロがバーラットに尋ねると、バーラットはヒイロとは違いコップをグイッと呷《あお》ってから話し始める。

「んー、実はここには昼頃着く筈だったんだが、途中でゴールデンベアの群れに襲われてな」

「ほぅ、それは災難《さいなん》でしたね」

実はそのゴールデンベアは、森の奥からゴブリンキングに追われた後、更に森の浅い所でヒイロに追われたゴールデンベア達だったのだが、そんな因縁《いんねん》があることを知らない二人は話を続ける。

「そういえば、バーラットさんは最初にこの場所が危険だと言ってましたね」

「ああ、知らないと思うが、このイナワー湖にはとんでもない化け物が棲んでいてな。俺はここを通る時に必ず様子を見るようにしてるんだ」

「……化け物……ですか……」

化け物という言葉にヒイロが動揺《どうよう》を見せるが、バーラットはそれを未知なる化け物への恐怖心と取ったのか、「がっははっ」と豪快に笑ってから言葉を続けた。

「心配するな、陸地に上がって来るような奴ではない。化け物の名はエンペラーレイクサーペントといってな。偉大《いだい》なる淡水《たんすい》の王者であり、俺が生涯《しょうがい》をかけて倒すと誓《ちか》った獲物だ」

バーラットは誇らしげに語ったが、ヒイロはそれを聞いて完全に固まってしまった。そして、そこからまるで油の切れたゼンマイ人形のように、ギシギシと擬音《ぎおん》が出そうな動きでバーラットの方に首を動かす。

「……何故そのような誓いを？」

なんとか声を絞《しぼ》り出して聞くと、バーラットは昔を思い出すように空を見上げた。

「あれは俺が十九の頃だったか……十五歳で冒険者になり、わずか三年でAランクに駆け上がった俺は、自分が最強だと驕《おご》っていたよ。そんな時に、当時Sランクだった冒険者からレイドの誘いをかけられてな。自分の強さに絶対の自信を持っていた俺は、一も二もなく受けた」

バーラットはそこで言葉を切り、ため息をついてグラスを呷った。

「しかし、結果は散々《さんざん》だった。中型の船にパーティの最大数である六人で乗り込み、六隻《せき》で計三十六人のレイドだったが、奴が現れ、少し身体をうねるだけで大波が立ってな……波に煽《あお》られ揺《ゆ》れる船の上は、戦闘どころか立ってもいられない状態だった。更に、たとえ攻撃出来たとしても奴の硬い鱗《うろこ》に阻《はば》まれ、傷一つ付けられない有様《ありさま》……」

小さく首を振ったバーラットは続ける。

「奴は、打つ手無くただ慌てふためく俺達を嘲笑《あざわら》うかのように、尾の一撃で全ての船を沈め、水中に消えていった。なんとか湖岸に戻った俺は、最強などと驕っていた自分に、激しい怒りを覚えたものだ」

そう語った後、自嘲《じちょう》気味に笑うバーラットだったが、ヒイロは小刻みに身体を震わせていた。

（ああ……エンペラーレイクサーペントはバーラットさんの因縁の相手だったのですか……それを私が倒してしまった上に、夕食にと勧《すす》めてしまいました……）

ヒイロの心情など知る由《よし》の無いバーラットは、エンペラーレイクサーペントの肉を豪快に齧《かじ》り、それを酒で流し込むと更に饒舌《じょうぜつ》になった。

「その時に誓ったのさ。もっと強くなって、必ず奴にリベンジすると！　まぁ、宿敵《しゅくてき》ってやつだな……って訳で、たまにこうして奴の様子を見に来てるんだが、今日は姿を見せないようだな」

（あわわわわ……その宿敵は今、貴方が食べていますぅ〜）

「ふふっ、しかし奴を倒す為に強くなろうと誓い、もう、人生の半分以上をかけているんだな……ここまでくると親近感が湧《わ》いて親友って気までしてくる」

（あうあうあう……貴方が親友のように思っているモノは今、貴方の酒の肴《さかな》になってますぅ〜）

エンペラーレイクサーペントをヒイロが倒したこと自体に、何の罪も無い。しかし、ヒイロの心はバーラットの人生の目標を倒してしまったことへの罪悪感でいっぱいだった。

（これは正直《しょうじき》に話した方がいいのでしょうか……黙っていてもバレないような気もしますが、そうなるとバーラットさんは既にいない目標を追い続けることに……）

「ふふふっ、待っていろエンペラーレイクサーペント！　いつか必ずお前を倒せる程の強さを手に入れて、お前の前に再び立ってやるからな！」

「もーしわけありませんでしたーー！」

バーラットの決意を聞いた瞬間、ヒイロは反射的に土下座《どげざ》をしていた。

「おいおい、突然どーしたっていうんだ」

突然ヒイロに土下座され、バーラットは困惑気味に尋ねる。

「実は……エンペラーレイクサーペントは……私が倒してしまったんです！」

「……はぁ⁉」

ヒイロの信じられない告白にバーラットは勿論、ニーアまですっとんきょうな声を上げる。

「ちょっ……ちょっとまて、エンペラーレイクサーペントだぞ！　その辺の水蛇なんかと勘違いしてないか？」

「そうだよ、エンペラーレイクサーペントっていったら、近くに住む亜人《あじん》の中には、神として崇《あが》める種族がいるくらいの強大な魔物だよ！　いくらヒイロでもアレに勝つのは無理

だよ！」

詰め寄って捲《まく》し立《た》てる二人に対してヒイロは、土下座から顔を上げつつ、時空間収納からエンペラーレイクサーペントの頭蓋骨《ずがいこつ》を取り出し、傍にドォォォーンという爆音《ばくおん》を上げながら置いた。

自分の身の丈を遥かに超えるエンペラーレイクサーペントの頭蓋骨を出され、バーラットは唖然としてそれを見つめる。ニーアも顎が外れるんじゃないかという程、口をあんぐりと開けて頭蓋骨を見つめていた。

「……確かにエンペラーレイクサーペントのものらしき頭蓋骨……おいおい、一体どうやって倒したんだ！　っていうか今、こいつをどっから出した！　いや、待て！　まさかこの肉は⁉」

「ヒイロの規格外っぷりは異常だと思ってたけど……まさかここまでだとは思ってなかったよ……」

ヒイロの力を知らないバーラットは困惑しながら次々と質問を捲し立て、知っているつもりでその底を知らなかったニーアは呆然と呟く。

「実は……私はこの湖で、エンペラーレイクサーペントに食べられてしまいまして……」

「食われたぁ？」

「食べられちゃったの？」

二人の突っ込みにヒイロは正座したままコクンと頷く。

「……それで、胃袋の中で奥の手を……」

「奥の手だと！　それは一体どのようなものなんだ！」

ヒイロの奥の手という言葉にバーラットが反応する。

エンペラーレイクサーペントを倒す程の奥の手となると、それは国を脅《おびや》かす程の力ということになる。有事の際に国側としてそれに対処しないといけない立場にあるバーラットにとって、ヒイロの奥の手という言葉は看過《かんか》出来なかった。

「それは生涯で一度しか使えないスキル、【一撃必殺】です。私はもう二度と使えません」

ヒイロとしては【一撃必殺】の情報が世間一般に浸透《しんとう》していると思っての言い訳だったが、当のバーラットは——

（【一撃必殺】？　そんなスキル聞いたことがないぞ。本当に一度しか使えないスキルなのか？　これは一度コーリの街に戻って詳しい奴に確認する必要があるな。しかし、それまではヒイロの身柄《みがら》を確保しておきたい……）

と、ヒイロをいかにしてバーラットのホームタウンであるコーリの街に連れて行くか算段を始めた。

「本当に申し訳ないことをしました。バーラットさんが目標としていたとは露知《つゆし》らず、エンペラーレイクサーペントを倒してしまって……」

ヒイロが本当に申し訳なさそうに謝ると、バーラットはバツが悪そうに頬《ほお》をかく。

世間知らずの若い頃ならまだしも、今のバーラットは本当にエンペラーレイクサーペントを倒せる程強くなれるとは思っていなかった。エンペラーレイクサーペントは、その被害を国が自然災害と見なし、仕方がないことと放置する程の魔物なのだ。

バーラットがそのエンペラーレイクサーペントを倒すと豪語《ごうご》していたのは、それを周りに吹聴《ふいちょう》することにより、自分を追い込み強くなる為の糧としていたという面が強い。今までバーラットの話を聞いていた者達も、冗談として受け止めていた。

今回もバーラットは酒の席で語る武勇伝的ネタのつもりで語っており、『いやいや、エンペラーレイクサーペントを倒せる程強くなれる訳ないでしょ』とか、『おいおい、エンペラーレイクサーペントを友達って……』などの突っ込みを期待していた。ところがいきなりヒイロに土下座され、あまつさえエンペラーレイクサーペントは自分が倒した、などと言われた為に面食《めんく》らってしまったのだ。

「あー……うん、まぁ、魔物は誰の物と決まっている訳でもないしな……倒してしまったものは仕方がないんじゃないか。倒さねばヒイロが死んでいた訳だし……それに、俺の目標なら新しく別の強い魔物を見つければいいだけだからな。それよりも――」

しどろもどろでヒイロの謝罪《しゃざい》を受け入れる旨を伝えた後、バーラットはエンペラーレイクサーペントの頭蓋骨に目を移す。

「これは何処から出した？」

「うっ！　それは……まぁ、マジックバッグ的な魔法を開発したというか……」

「……マジか……それを個人の魔力で実現するのは到底不可能だろう」

魔法は畑違いとはいえ、バーラットは歴戦の冒険者。駆け出しのリック達とは違い、ヒイロの言葉がいかにありえないことか、瞬時に理解する。

技術的にではなく、個人が持つ魔力では不可能だと言われ、ヒイロは天を仰いだ。

「はぁ～……やはり誤魔化しきれませんか」

「ちょっと考えればヒイロの力の異常さはありえないもんね。リック達が素直過ぎたんだよ」

リック達の時のように納得してもらえないと感じ観念したヒイロと、時空間収納を見せた時点でヒイロの力を隠しきれないと思っていたニーア。

「おいおい、一体全体何だっていうんだ。誤魔化しきれないって何のことだ？」

二人の反応を見て、バーラットはまだ秘密があるのかと完全に困惑しながら尋ねる。

「実は……」

ヒイロがニーアに話した内容と同じ話をし始めると、バーラットの目と口が次第に見開かれていったが、話し終わる頃にはその表情は渋面《じゅうめん》へと変わり、無言になっていた。

「あのー……バーラットさん？」

バーラットの雰囲気に不安を覚えつつヒイロが恐る恐る声をかけると、バーラットはため息を一つつき口を開く。

「……その話は一体、どれだけの人に話した？」

「えっ、知っているのはここにいるニーアさんだけですが」

「そうか……」

ホッとしたように胸を撫で下ろすバーラットを見て、ヒイロは首を傾げる。

「この話はやはり、おいそれとしない方がいいのですか？」

ヒイロとしては自分が勇者などと、身の丈に合ってない騒がれ方をされたくないから極《きょく》力《りょく》黙っていたのだが、バーラットは違う見解《けんかい》からこの話はしない方がいいと結論付けていた。

「当たり前だ。ヒイロが勇者という話は……まぁ、いい。99パーセント与太話《よたばなし》と捉《とら》えられるのが関の山だからな。俺ですらエンペラーレイクサーペントの頭蓋骨を見なければ信じなかっただろうし。しかし、他種族に攻《せ》め入っている魔族の話と、その魔族を滅《ほろ》ぼす為に神が勇者を遣わしたという話が揃うのはまずい」

「と、いうと？」

「この国にも平和に暮らす魔族はいるんだよ。そこに、そんな好戦的な魔族がいて、神が勇者を遣わしたなんて話が広がってみろ。最悪、魔族狩りなんて言い出す奴が出てくるぞ！　なんせ神公認なんだからな」

「それは……ありえますね」

バーラットの話にヒイロは戦慄《せんりつ》を覚える。

（元の世界でも、神の名の下《もと》に戦争を起こし、大勢の命が奪われている事例はいくらでもありますからね。更に今回は神から頼まれた勇者という確かな存在がいますから、一度大規模な戦いが始まれば拍車《はくしゃ》が掛かり止まらなくなるのではないでしょうか）

実際、他の勇者が出現した場所ではそうなっているのではないかと、ヒイロは心配になった。

「そういう訳だ。迂闊《うかつ》に勇者の話はしないでくれ。俺も、今の話は俺の中だけにとどめておく」

「分かりました……しかし、温和な魔族もいたんですね」

元の世界の知識から、魔族＝悪者というイメージを持っていたヒイロが、平和に暮らす魔族もいると言われたことを意外に思ってそう呟く。すると、バーラットとニーアが信じられないモノでも見るかのような目でヒイロを見た。

「魔族って魔力が高いだけで普通の亜人と変わらないんだけど、ヒイロ知らなかったの？」

「魔族の中にも気の良い奴はいくらでもいるぞ。丁度《ちょうど》この街道の先にも魔族の集落がある。一度その目で見てみるか？」

「本当ですか！　それは一度行ってみたいですね」

何気無《なにげ》く言った言葉だったが、ヒイロが思いの外《ほか》食い付いてきたのでバーラットは密かに笑みを浮かべ話を続けた。

「ついでにその集落の先にコーリというデカい街があるんだが、そこならヒイロの言う魔族の情報が分かるかもしれないぞ」

「ほう。街には行きたいと思っていたので、それはありがたい」

「そうか、だったら俺が案内してやろうか？　そこは俺のホームタウンだからな」

「お願いしてもいいですか？」

「まかせろ。そうと決まれば今夜は飲もうじゃないか」

そう言うとバーラットは、マジックバッグから次々と酒瓶を出した。


「う～……頭が……痛い」

翌朝、ヒイロが湖の水で顔を洗《あら》っていると、背後からバーラットの不機嫌《ふきげん》な声が聞こえてくる。

「バーラットさんは飲み過ぎなんですよ」

ヒイロがそう言いつつ振り返ると、バーラットは上半身を起こして、頭を押さえて呻《うめ》いていた。

「そんなこと言ってもなぁ……あんな美味いツマミがあるんだ、酒が進むのは当たり前だろう。ヒイロだって相当飲んでたじゃないか。何で平気なんだ？」

そう言われてヒイロは昨夜飲んだ量を思い出し、首を傾げた。

ヒイロは元々酒は嫌いではないが、強い方ではなかった。しかし昨夜はいくら飲んでも酔《よ》わなかった為、酒豪《しゅごう》のバーラットに付き合って相当飲んでいたのである。

「そういえば、何ででしょううかね？」

【超越者】が酩酊《めいてい》と二日酔いという状態異常を無効化しているのだが、そんなことは知らないヒイロは、首を傾げながら再び湖の水を掬《すく》おうと湖の中に手を突っ込んだ。すると、バーラットが鋭い声を上げる。

「おい！　イナワー湖に手を入れるな！」

「えっ？」

突然大きな声を出され、ヒイロはビックリして湖に手を入れた状態で固まってしまう。

「イナワー湖にはフィンガーイーターという獰猛《どうもう》な魚がいるんだ！　湖に手を突っ込むと、指を食い千切《ちぎ》られるぞ！　早く手を出せ！」

「……それは、もしかして……」

ヒイロがそう言いながら手を湖から引き上げると、その十本の指には綺麗《きれい》に十匹の魚が喰らい付いていた。

「こんな魚ですか？」

十匹の魚が喰らい付いている手を見せられたバーラットは、呆れたように手で顔を覆う。

「おいおい、何で平気なんだよ……」

本当に呆れながらバーラットが呟くと、丁度飛んで来たニーアがヒイロの指に喰らい付く魚を見て、ヒイロに忠告する。

「あっ、またその魚取れたんだ。今度は逃しちゃダメだよ」

「……今回が初めてじゃないのかよ……」

「ええ、昨日の朝は驚いて手を振ったら皆逃げてしまいましてね。ニーアさんにせっかくの朝食を逃がすなと怒られてしまいました」

「……ありえねぇ」

ニーアとヒイロのやりとりに、痛い頭を押さえながら、バーラットはこの二人と旅をする約束をしたことを少し後悔するのだった。

第6話　戦闘指南《しなん》

「なぁヒイロ。火ぃ貸してもらえるか」

「またですか……ファイア。はい、どうぞ」

山の中を通る曲《ま》がりくねった街道を東へひた進み、魔族の集落に向かう途中、バーラットに火を催促《さいそく》されたヒイロは、手の平の上に生み出した火の玉をバーラットの方に差し出した。

「おっ、サンキュー」

軽い礼を言いながら、バーラットは口に咥《くわ》えた葉巻に火を点ける。その様子を見て、ヒイロは眉間《みけん》に皺《しわ》を寄せた。

「……いつも思うのですが、火ぐらい自分で点けたらどうですか？　そういう魔道具があるのでしょう？」

「そう言うな。点火石は使い捨ての上、そんな安い物じゃないんだよ。その点、ヒイロのファイアはタダだからな」

「私の魔法だってただではないのですよ。私のＭＰが減《へ》ってるんですから」

そう言いながらヒイロはファイアをウォーターで消す。

「けち臭いこと言うなよ。ＭＰったって、ヒイロのＭＰはほとんど無尽蔵《むじんぞう》……って、何で毎回わざわざウォーターで消してるんだ？」

時空間収納を生み出してる時点で、ヒイロのＭＰが尋常《じんじょう》じゃない程多いことを知っているバーラットは、ヒイロのけち臭い物言いに文句を言おうとする。しかしその途中で、ヒイロがいつもウォーターでファイアを消しているのを不思議に思い、疑問を投げかける。

「ああ、これですか。このファイア、燃えることのみを前提に出来ている魔法らしく、燃える物が無いところに当たっても数分間燃え続けるんですよ。ですからこのように、水で消さないと危ないのです」

「……ファイアにはそんな効果があったのか」

「知らなかったのですか？」

「ああ、ファイアの使い手なんて聞いたことがないからな」

「そうなんですか、結構便利なんですけどね」

「便利なんて思ってるのヒイロくらいだよ。ただ火の玉を生み出すだけだから攻撃魔法としては使えないし、火を点けるだけなら魔法に頼らなくてもいくらでも方法があるんだから」

今までヒイロの頭の上でおっさん同士のじゃれあいを黙って聞いていたニーアが、呆れたように口を挟《はさ》む。

「そうですか？　投げれば攻撃魔法として十分通用すると思いますが」

「魔術師がファイアを投げるの？　それって命中率と飛距離的にどうなのさ」

「だよな。ファイアが廃《すた》れた理由もその辺にあると思うぞ」

「そういうものですかねぇ」

　二人から役立たずの烙印《らくいん》を押されたファイアを不憫《ふびん》に思いながら、それでもヒイロは「便利なのに」と呟くのだった。

「そういえばバーラットさん、魔族の集落にはあとどのくらいで着くのですか？　貴方のせいで遅々《ちち》として進んでないような気がするのですが」

　ヒイロ達が湖岸を出発して、既に二日が経っていた。だが、バーラットが親睦《しんぼく》を深める為と称《しょう》した酒盛りを毎夜開催《かいさい》していた為に、酔い潰れたバーラット待ちで午前中がほとんど潰れてしまっていたのだ。

「ガッハッハ、酒盛りは旅の醍醐味《だいごみ》だ、仕方あるまい。集落には今日中には着くから心配するな。それよりも――」

　そこまで言ってバーラットはヒイロを睨む。

「いい加減、俺をさん付けで呼ぶのをやめんかヒイロ」

「あっ！　それはぼくも思ってた。ヒイロはぼくの事もさん付けで呼ぶでしょ！　それ、他人行儀で嫌なんだけど」

　ニーアもヒイロの頭から飛び立ち、バーラットの顔の横で腰に手を当てて怒り気味に加勢した。

　ヒイロは何も悪いことはしてないのに、何故責められる立場になるのかと眉間を指で押さえながら頭を悩ませる。

「そんなことを言われても、これはもう身に染み込んでしまっている言葉遣いですからねぇ。大体、さん付けしたからといって困ることは無いでしょう」

「いいや、困るね。俺が呼び捨てでヒイロがさん付けじゃ、他人が聞いたら俺の方が年上に思われるだろ！」

「まだ拘《こだわ》りますか！　たかだか三つしか違わないのですから、どーでもいいではありませんか」

「いいや、どうでもよくはないね。産まれたての赤ん坊でも、三年も経ちゃあ喋《しゃべ》りもすれば、立って歩きもする。この差は大きいだろ」

「赤子《あかご》の三年と中年の三年を一緒にしますか！　中年は三年じゃ大して成長しないでしょう」

「ふんっ！　その辺の中年とスーパー中年である俺を一緒にしないでもらいたいな。俺なら三年あれば信じられないくらい強くなる自信がある！」

「ぼくだって三年あればボンッ、キュッ、ボンッになる自信があるね」

　ニーアの訳の分からない言い分はまだしも、バーラットは本当に三年あれば強くなっていそうで、ヒイロは思わず口ごもる。

「ふふん、どうだ何も言い返せまい。あっ、そうだ！　ヒイロが俺の事をさん付けで呼ぶなら、俺はこれからヒイロの事を先輩と呼ぶことにしよう。これなら他人が聞いても俺を年上とは思わないだろう。うん、そうしよう」

「あー、もうっ！　分かりましたよ！　さんを付けずに呼べばいいんでしょう」

バーラットの屁理屈《へりくつ》に近い言葉責めに、とうとうヒイロが折れる。そして、一度咳払いをすると、バーラットとニーアを睨むように見つめ、ゆっくりと口を開く。

「バーラット……ニーア……これでいいですか」

「……名前の後のわずかな沈黙は何だ？」

「それ、絶対心の中でさんを付けたでしょ」

「それくらいいいじゃないですか」

「いいや、よくない――」

バーラットの言葉が途中で止まる。ヒイロも【気配察知】に反応を感じて、鋭い視線を周囲に向けた。

「いるな……」

「……いますね。前方の茂《しげ》みに八。それと左右の茂みや木の陰に五ずつってところですか」

急に臨戦態勢《りんせんたいせい》に入った二人に気付き、ニーアはすぐさまヒイロの後頭部に隠れる。

「なになに？　なんかいるの？」

「ああ、殺気度合《どあ》いからするとあちらさんは殺《や》る気満々のようだ」

「まったく、なんなんでしょうね。この世界は旅をするとこんなに頻繁《ひんぱん》に襲われるのですか？」

バーラットと移動を始めて二日。その間に三度、ヒイロ達は魔物に襲われていた。昨夜などはバーラットが酔い潰れている時に、一メートル程の巨大な蟻《あり》の大群に襲われて、ヒイロ一人で撃退《げきたい》する羽目になった。今回を含めると、一日平均二回。ヒイロは流石にうんざりし始めていた。

「まぁ、魔物にも活発な時とそうでない時があるからな。今回は当たりみたいだ」

「そんなありがたいものみたいに言わないでください」

減らず口を叩きながらも、二人は油断せずに戦闘態勢に入るが、すぐさまバーラットは一歩後ろに下がる。

「おい、ヒイロ。前衛《ぜんえい》は任せるぞ」

「何故私が!?　私は素人《しろうと》ですよ」

突然バーラットに前衛を任され、ヒイロが困惑しながら非難すると、バーラットはニヤリと意地の悪い笑みを浮かべる。

「だからだろ。まだまだ素人丸出しのヒイロに、成長の機会を与えてやってるんじゃないか」

「成長って……それで私が納得すると思っているのですか？　どうせ囮《おとり》とか、壁役《かべやく》に使う気でしょう」

「ヒイロは硬《か》てぇんだから、そんなの当然だ。逆に不器用なお前に後ろを任せたら、俺は後ろからの誤爆《ごばく》まで気にして戦わなきゃいかなくなる」

この二日間ヒイロの戦い方を見てきたバーラットは、ヒイロのあまりにも不器用な戦い方と、素人丸出しのくせにそれに似つかわしくない攻撃の破壊力を目の当たりにしてきた。そして、そこから『こいつの戦い方は集団戦には向かない』という結論を出していた。

ヒイロには目の前の敵に集中するあまり、周りの状況にあまり気が回らないという欠点があった。リック達とともに戦っていた時は、ヒイロは自身が敵の中に突っ込み、混乱させたところをリック達が各個撃破《げきは》という戦法を取っていたので彼自身気付いていなかったが。

「うぐぐ……分かりましたよ」

ヒイロとしても、味方の動きに合わせる自信が無かったので渋々《しぶしぶ》了承する。

「で、今度は一体どんな魔物なんでしょうね」

ヒイロがその言葉とともに前方の八体の気配がする方に目を向けると、丁度そこから緑と黒の迷彩柄《めいさいがら》をした狼《おおかみ》が八匹姿を現す。

「ハンティングウルフか……めんどくせえな」

魔物の姿を確認したバーラットが、頭を掻きながら小さく呟く。

「強いのですか？」

「いや、個々の強さはランクEってところだ。だが、集団戦が得意な奴らでな。相手を分断させて弱い所から各個撃破してきやがるんだよ」

「弱い所……」

二人の視線がニーアに集中する。

「なっ……なんだよ！　ぼくだって風魔法の使い手だぞ！　やる時はやれるもん！」

「……まぁ、ニーアはちっこいからあいつらも物の数には入れんだろ」

少しビビりながらも虚勢《きょせい》を張るニーアからハンティングウルフに視線を戻しつつ、バーラットはマジックバッグから身の丈を超える古《ふる》びた白銀色《しろがねいろ》の槍《やり》を取り出す。無名の槍だが、とにかく頑丈《がんじょう》なところがバーラットは気に入っていた。

「では、行きますか」

「ちょっと待て」

ヒイロがリック達と戦っていた時のように狼達に突っ込もうとしたのを、バーラットが襟首《えりくび》を掴んで止める。

「ぐえっ！　……何をするんですかバーラットさん！」

「また『さん』が入ってるぞヒイロ」

襟首を掴まれたことにより締まった首を押さえ、涙目《なみだめ》になりながら振り返って非難するヒイロに、バーラットは平然とまださん付けしてることを注意する。

「戦闘中にまたそんなことを……と、そんなことより、何故止めるのですか！」

「ヒイロ、俺の話を聞いてたか？　相手は分断しての各個撃破が得意だと言っただろ。まず離れた所に姿を現し、前衛を釣《つ》った後に左右に隠れている奴がその場に残っている後衛《こうえい》を奇襲《きしゅう》して撃破。その後、突っ込んで行った前衛を後方から挟み討ち。ハンティングウルフが得意とする戦法だ。大体、ヒイロも左右に五匹ずつ隠れてると気付いていただろ。何で考え無しに突っ込もうとする」

その厳つい風貌《ふうぼう》に似合わず、理路整然《りろせいぜん》とヒイロの行動のダメさ加減を指摘するバーラットにぐうの音も出なくなる。

「では、どうすればいいのですか？」

「奴等の狙いが分断なら、こっちはどっしりと待ち受けていればいいんだよ」

「しかし、それでは囲まれてしまいませんか？」

「だから、左右に隠れてる奴等が出てきたら後ろに引けばいいじゃないか。それで十八対三の正面からの勝負になる。一人当たり六匹殺《や》ればすむ話になるだろ」

「それ、ぼくも頭数に入ってるんだ……」

淡々と戦闘プランを語るバーラットに、ニーアが不安げに呟く。

「……そうだな、ニーアは魔法が使えるなら簡単な援護《えんご》だけしてくれ、後はヒイロが突っ込んで暴《あば》れて、俺が隙《すき》のある奴を片っ端から突き殺せばそんなに手間はかからんだろ」

バーラットがそう指示を出すと同時に、一向に動かないヒイロ達に痺れを切らしたのか、前方のハンティングウルフがヒイロ達に向かって走り始めた。そしてそれに呼応するかのように、左右の敵もヒイロ達に向かって飛びかかってくる。

「そ～れ、来たぞ。後退しろ」

本来ならば、左右に潜伏《せんぷく》していたハンティングウルフに気付かず、突然現れた伏兵《ふくへい》にパニックになるところだろう。しかし初めからその存在に気付いていたヒイロ一行は、バーラットの緩い号令とともに後退し、その難《なん》を逃れる。

ハンティングウルフ達は、伏兵にすぐに対応したヒイロ達を警戒したのか、ひと塊になりヒイロ達に対峙《たいじ》する形で戦闘態勢を整え始めた。

「ふん、いっちょ前に警戒したか……ヒイロ、こうなってしまえばハンティングウルフは普通の狼よりちょっと強いだけの魔物だ。だが、連携《れんけい》が上手いからそこは気をつけろ」

「分かりました。５パーセントで行きます」

そう宣言して、ヒイロはハンティングウルフの集団に突っ込んで行く。結局文句を言いながらも、ヒイロはバーラットの『成長の機会』という戯言《ざれごと》を律儀に信用して、魔法ではなく接近戦を選択したようだ。

「……５パーセントってどういう意味だ？」

「さぁ？　たまにヒイロが言ってるけど、意味は分かんない」

ヒイロの後ろ姿を見送りながら、ヒイロが未だに全力を出したことが無いことを知らない二人は、互いの顔を見合わせて首を捻《ひね》った。

「はいぃぃぃぃっ！」

不思議がる二人をよそに、ヒイロは昔見た功夫《カンフー》映画の気合いを真似《まね》て、地面すれすれから拳を振り上げる。

ドゴッ！

「ギャインッ！」

鈍い音とともに甲高《かんだか》い悲鳴を上げながら、ヒイロに殴られたハンティングウルフが宙を舞う。

あまりに無駄な動きが多く、遠目《とおめ》には当たるわけないだろう思われる大振りのパンチだが、その拳は異様に速く、この場でその腕の振りをしっかりと目で追えたのはバーラットだけだった。

「う〜ん……普通の狼と外見が同じなせいか動物を虐待《ぎゃくたい》してるようで、嫌な気分になりますねぇ……」

拳を斜めに突き出したまま、ヒイロが地面に叩きつけられるハンティングウルフを悲しげに見つめてそう呟いていると、背後から近付いて来たバーラットがヒイロに声をかける。

「おい、ヒイロ」

「はい？」

　ガブッ！

「あんまり長く拳を突き出してると、噛まれるぞ」

「……だぁぁぁぁっ！　噛まれてますぅ！」

　突き出した腕に側面からハンティングウルフが噛み付いているのを確認したヒイロは、パニックになりながら悲鳴を上げてその腕をブンブンと振り回す。

「落ち着けヒイロ。痛いのか？」

「そういえば、痛いって程では……」

「だろう……なっ！」

　セリフの後半で力を込めて繰り出されたバーラットの槍の一撃が、ヒイロの腕に噛み付いたままのハンティングウルフの側頭部にヒットする。側頭部を貫かれたハンティングウルフは絶命し、その場で崩れ落ちた。

「ありがとうございます。バーラット……」

　噛まれていた腕をさすりながら先程の苦言を考慮《こうりょ》して礼を言うヒイロを、バーラットはジト目で睨む。

「その感じは、ま〜だ『さん』を付けてるだろ……まぁ、それは後で追及《ついきゅう》するとし……

てっ！」

バーラットはヒイロと喋りながらも、ヒイロの後ろから迫っていたハンティングウルフの眉間に槍の穂先《ほさき》を突き立てる。

ヒイロは脇腹を掠《かす》めるように後方に伸びていったバーラットの槍にビックリしながらも、慌ててハンティングウルフの群れの方に向き直った。

「ヒイロ、せっかく高性能な気配察知能力を持っているのに、何で戦闘中にそれを使わない？」

背後からのバーラットの質問に、ヒイロは手を振り回して迫り来るハンティングウルフを牽制《けんせい》しながら答える。

「いやいや、目の前の敵と対峙しながら周りにも気を配るなんて出来ます？」

「……はぁ～？」

ヒイロの言葉を聞いて、バーラットがすっとんきょうな声を上げた。

「皆それをやってるんだよ。ヒイロも出来るように普段からそれを心がけながら戦ってみろ。それと、攻撃が当たったらすぐに手を引いて、次の攻撃態勢を整えるんだ。突き出しっぱなしの腕なんて攻撃してくださいと言ってるようなもんだぞ」

「戦闘中にも周りの気配を感じ、当てたらすぐに引く……ですか」

バーラットからアドバイスを受けたヒイロは、その場で目を瞑りその様子を頭の中でイメージし始めた。その間、ヒイロの動きが止まってしまい、バーラットとニーアが慌ててフォローに入る。

「だー！　戦闘中に止まるな！」

「ウィンドーニードル！　ヒイロ、何で止まるかな！」

二人の非難の声など耳に入らないヒイロは、必死にイメージを固めていた。

（う〜ん、こうやって目を閉じると、なんかモヤッとした感じで何処に誰がいるか分かるんですけどね……目を開けるとどうしても目に映る情報ばかりに気が行ってしまうんですよねぇ……目で見たものと今、感じてる感覚の両立……時間をかけて慣れるしかありませんね。攻撃の方は、当ててすぐに引く……要するにボクシングのジャブですよね。経験はありませんが……とりあえずやってみますか）

一応のイメージを固めたヒイロは、左肩をハンティングウルフの方に向け、直角に肘《ひじ》を曲げた左腕を腰の前辺りで左右に振り始めた。

「う〜ん、上手く行けばいいのですが」

そう言って目を瞑ったまま、気配を頼りにドタドタとべた足でハンティングウルフに近付いて行くヒイロ。本人は華麗《かれい》なフットワークのつもりだが、上半身の動きに精一杯のようで、足運びはかなり雑《ざつ》なものになっていた。

「確か、ジャブは力まずに打つんでした……ねっ！」

うろ覚えの知識を必死に引き出しながら、目をカッと見開きジャブを放つヒイロだったが、その視線の先には何もなかった。

ヒイロが『あれ？』と思った時には始動した左腕は止まらず……

結果、ヒイロの拳は無駄な力《りき》みが無くなった分、速度を増し空気を切り裂きながら――ハンティングウルフの頭の上を通過した。

ハンティングウルフの体高《たいこう》は大体八十センチ程、そのハンティングウルフが前足を曲げ攻撃態勢を取っているのだ。低すぎてジャブなど当たる筈がない。

「……」

「……何がしたいんだ、ヒイロ？」

顔を赤らめ無言になったヒイロに、バーラットが呆れながら尋ねる。

「……土台、ぶっつけ本番で私が新しいことをやるのは無理があったのです……ここからはいつも通り行きます！」

照れ隠しにヤケになったヒイロは、ハンティングウルフの群れの中に文字通り飛び込んで行った。

「う〜む……」

ヒイロが暴れ、彼に噛み付いたハンティングウルフをバーラットが仕留《しと》めるというルーティンで群れを殲滅《せんめつ》した後、バーラットは地に横たわる死体を前に首を捻っていた。

「バーラット……どうしたのですか？」

「お前はまた……まぁ、それはとりあえず置いとくとして、いやな、何でこんな所にハンティングウルフが出たのか不思議でな」

「珍しい魔物なんですか？」

「いや、珍しくはないんだが、ハンティングウルフは縄張《なわば》り意識の高い魔物でな、その縄張りは大概《たいがい》森の奥に持つもんなんだが……」

「そういえばそうだね。ハンティングウルフがこんな街道の近くに来るなんておかしいよね」

ニーアの言葉にバーラットが頷くが、ヒイロは何がおかしいのかいまいち理解出来ず、首を捻る。

「そういうこともあるのではないですか？」

「まー、無いことも無いが、この迷彩柄を見ても分かる通り、こいつらは森の深い所で本領を発揮《はっき》する魔物なんだ。だからわざわざこんな街道近くに縄張りを持つ訳が無いんだよ」

「もしかして縄張りを追われた？」

ニーアの言葉に、ヒイロとバーラットがニーアの方に振り向く。

「追われたって……森の中のパワーバランスでも崩れてるのか？　ニーア、何か知っているか？」

「ううん、ぼくは知らないけど……」

「あっ！」

バーラットとニーアが話し合っているところに、一つ思い当たる事があったヒイロが声を上げる。

「何だヒイロ。何か知ってるのか？」

「いえ、ちょっと前に湖の辺りの森の奥でゴブリンキングが出現したのですが……」

「えっ！　アレってヒイロが倒したじゃん」

その現場を見ていたニーアが口を挟むが、ヒイロは首を横に振ってそれを否定する。

「いえ、私が倒したのはゴブリンジェネラルでした。でも、妖精族の方々がゴブリンキング討伐作戦を遂行してたようなので、彼等の名誉の為にゴブリンキングの討伐は譲《ゆず》ることにしたんです」

「……」

ヒイロの言葉を聞いてニーアが無言になる。そんな彼女の反応に、バーラットが不審なものを感じてニーアに話しかけた。

「おいニーア。妖精族のゴブリンキング討伐作戦ってのは確かなものなのか？　ゴブリンキングが健在だとしたら結構面倒なことになるんだが……」

バーラットに話しかけられ、放心していたニーアは我に返り、そしてニヤリと笑った。

「ははは っ、うちの隊長が自信満々に言ってたから大丈夫なんじゃない」

「ならいいんだが……」

ニーアは思う。

恐らく妖精族のゴブリンキング討伐作戦など見栄から出た嘘なんだろうと。

しかし、妖精族の中で常に虐《しいた》げられ、嫌な思い出しかないニーアにとって、故郷の妖精の郷は既に未練のある場所ではなかった。

（ゴブリンキング討伐作戦なんか無いよ、とか言ったら、ヒイロは『すぐに助けに行きましょう』なんて言い出しかねないもんね。せっかく楽しい旅になってきたんだから、今更《いまさら》あいつらの顔なんて見たくないよ）

故郷の事はすっぱり忘れる事にし、とても優しく、とてつもなく強く、でも何処か抜けてる――そんな一緒にいて飽きないおっさんとの旅を楽しもうと、ニーアは心の底から楽しげに微笑んだ。

第7話　魔族の集落

魔族の集落アータは山間の街道沿いにひっそりと存在していた。

アータが村ではなく集落とされているのは、元々少人数の魔族が住んでいた頃の名残で、住人が増えた今でもその呼び名を変える者がいなかったからである。

人口は百人程で、木造の質素な家屋《かおく》が三十軒《けん》程しかない小さなものだったが、山間の街道沿いということもあって、旅人目的の宿や食料品も置いてある雑貨屋などがある、のどかな集落であった。

「あそこは虹色蚕《にじいろかいこ》の養蚕《ようさん》と絹《きぬ》製品の生産で生計を立てている集落でな、虹色蚕の繭《まゆ》から採れる糸で作られた絹はその希少性もあり、コーリの街で高級生地として取り扱《あつか》われているんだ」

集落が目視《もくし》出来る所まで辿り着き、日が暮れる前には集落に着けそうだと一行が安堵したところで、バーラットは簡単に集落の説明をした。

「虹色蚕？」

「妖精蛾《ようせいが》の蚕の事だ。光の加減で色が変わるからそう呼ばれてるらしい」

ヒイロの疑問にバーラットがそう答えると、ニーアがムッとした表情を浮かべる。

「蛾なんかに妖精なんて名前付けないで欲しいね。まったく、人間はちょっと光ってる虫を見つけると、すぐ妖精って名前を付けるんだから！」

「光ってるんですか？」

「ああ、光ってるな」

プンプンしているニーアを無視する形でヒイロとバーラットが会話を進めると、ヒイロの頭の上に乗っていたニーアがポカポカとヒイロの頭を殴り始める。

「むー！　ぼくを無視するな！」

「ははは っ、すいませんニーア……ところで、妖精の名を冠《かん》する虫がそんなにいるのですか？」

「うん、いるよ。妖精蝉《ようせいせみ》に妖精ムカデ、妖精カブト虫に妖精クワガタ……って、ヒイロ！　また心の中で『さん』を付けたでしょう！」

ヒイロがまだ『さん』を付けていることに気付き、ニーアは再びポカポカとヒイロの頭を殴り始める。まぁ、ヒイロには全く効いてはいないのだが……

「申し訳ない。ですが私も努力してるんですよ。ですから慣れるまで少し待ってください」

「むー、分かったよ。まったくヒイロは……」

ヒイロにそう言われ、ぶちぶち文句を言いながらもニーアは殴るのをやめた。

「ふん……戦い方から言葉遣いまで、本当に不器用な奴だな」

そんなヒイロ達の様子を見て、バーラットが呆れたように呟く。

「しょうがないじゃないですか。要領《ようりょう》が悪いのは生まれつきなんですよ」

「要領が悪い、ねぇ……そういえば、新人冒険者の中にもいるわな、同時に受ければ時間短縮《たんしゅく》出来るのに、一つ一つ依頼をこなす要領の悪い奴」

「それは共感出来ます。二つ以上の事をやろうすると、片一方がすっぽり頭から抜けちゃうんですよね」

「そんな奴は大成しないぞ。大概、Eランク辺りをウロウロするんだ」

「ほっといてください。それよりも、魔族の集落は絹製品の生産が盛《さか》んなんですよね」

「ああ、そうだが……なんだヒイロ、高級生地なんか欲しいのか」

「いいえ、違いますよ……いえ、違わないいんですかねぇ。見てくださいこれを」

ヒイロは両手を広げ、すっかりボロボロになってしまった背広をバーラットに見せつける。

「あー、その変な服な。元々薄汚《うすよご》れてた上に、ハンティングウルフにあっちこっち噛まれたせいでボロボロじゃねぇか」

「ええ、ですから、新しい服が手に入らないかと……」

「……それをあの高級生地で作ろうってか……はっきり言って旅人や冒険者の服には向かんぞ」

「そう……ですよね。絹だから薄いんですよね」

「ああ、当たり前だろ。それに、買うったってこっちの方は大丈夫なのか？」

そう言って、バーラットは親指と人差し指で円を作ってヒイロに見せた。

「お金ですか……持ってないんですよね。素材ならあるんですけど……換金《かんきん》出来ないですかね」

「小さな集落だからな。素材の換金は難《むずか》しいと思うぞ。それと、エンペラーレイクサーペントを出すのはやめてくれよ。あんなもん出したら、大騒ぎになっちまう」

「ええ、それは予想してましたよ。ですが、そうなると先程倒したハンティングウルフかゴブリン。あとはゴブリンジェネラルとゴールデンベアぐらいでしょうか」

ヒイロが上げた魔物の名前を聞いて、バーラットは目を見開いてヒイロを見た。

「ちょっと待て、ゴールデンベアの素材があるのか？」

「ええ、ありますよ。バーラット……も持ってるんじゃないですか？　湖に着く前に襲われたと言ってたじゃないですか」

「いや、俺は追っ払っただけだ。あいつら毛皮が異様に硬い上に、皮下脂肪《ひかしぼう》が厚《あつ》いから攻撃を通すのが面倒なんだ」

「そうなんですか。私は……ほら」

ヒイロはバーラットに見せる為に、時空間収納から頭の無い巨大なゴールデンベアの毛皮を取り出す。

「……ゴールデンベアじゃねぇし」

ヒイロが出した毛皮を見たバーラットは頭を抱えた。

「えっ！　違うんですか？」

「こいつはゴールデンキングベアだ！　知らなかったのか？」

「いやー、大きいだけで種類は同じだと思っていたので、確認してなかったんですよ」

言いながらゴールデンベアの毛皮を時空間収納に仕舞うと、ヒイロの脳内に、ゴールデンキングベアの毛皮――1と表示される。

「ああ、本当です。ゴールデンキングベアでした」

「だから言っただろ。ゴールデンベアやゴールデンキングベアの素材があるんだったら、絹なんか使わねぇでそいつで服を作ればいいんだ。絹の生産が盛んなだけあって、集落には腕のいい仕立て屋がいる筈だからな。それと、その魔法のことを忘れてたな……」

バーラットはヒイロの非常識な魔法のことを思い出し、マジックバッグを漁《あさ》り始める。

「確かまだ、仕舞ってた筈……っと、あった」

そう言うと、バーラットはマジックバッグから小さなウエストバッグを取り出し、ヒイロに渡した。

「これは？」

「こっちのマジックバッグを手に入れる前に使ってたマジックバッグだ。収納個数は五つまでだが、こいつに手を突っ込んで時空間収納からアイテムを出せば、マジックバッグを使ってるように見えるだろ」

「なるほど、それはありがたいです」

時空間魔法を使う度に周りの人に驚かれていた為、ヒイロも時空間魔法を非常識なモノと認識していた。なので、ヒイロはバーラットからのプレゼントを素直に受け取る。

「言っとくが、マジックバッグも結構な希少品だからな。無闇矢鱈《むやみやたら》に人前で使うなよ」

「分かりました。まったく、バーラットさんにはお世話になりっぱなしですねぇ」

ウエストバッグを腰に着けながらヒイロが呟くと、バーラットは苦笑いを浮かべる。

「本当にその通りだ。この借りはその内返してもらわねぇとな」

「返せればいいのですけどねぇ……」

魔族の集落アータは、もう、目前に迫っていた。


「あら、バーラットさん。いらっしゃい」

「ああ、また厄介になるよ」

魔族の集落アータに入ったヒイロ達はまずは宿を取ろうと、この集落では珍しい二階建ての建物に入る。すると左手のカウンターの奥から、青白い肌で恰幅《かっぷく》のいい中年女性がバーラットに声をかけてきた。

「お知り合いだったんですか？」

魔族の女性を物珍しい目で見ては失礼だと、好奇心たっぷりの視線を必死に抑えながら、ヒイロはバーラットに尋ねる。

「コーリからこっち方面に来る時は、大概ここで宿を取るからな。すっかり顔馴染《かおなじ》みだよ」

バーラットはヒイロにそう答えてから宿の女将《おかみ》さんの方に向き直る。

「二部屋なんだが空《あ》いてるかい?」

「ええ、空《あ》いてますよ」

女将さんは笑顔でそう答えると、背後の壁に掛けられていた鍵《かぎ》を二つ取ってカウンターの上に置いた。

「一泊、お一人様銀貨八枚ね」

「……あの~」

女将さんに料金を言われ、ヒイロがおずおずと声を上げる。

「なんでしょう?」

「この集落に素材を買い取ってくれる所なんてありますか?」

ヒイロが恐る恐るそう尋ねると、女将さんは笑顔でチョンチョンとカウンターを指差した。

「素材の買取ならここで出来ますよ」

「えっ!?」

女将さんの言葉に驚き、ヒイロとニーアはバーラットの方に目を向ける。

「この集落で素材の買取は難しいのではなかったのですか？」

「うん。ぼくもバーラットがそう言ってたのを確かに聞いてるけど」

「いや……ここには冒険者ギルドの支部も無いし、素材を買い取るような店も無いから、てっきり無理だと思ってたんだが……」

ヒイロとニーアに責められ、バーラットがしどろもどろに答えると、女将さんがクスクスと笑い出す。

「バーラットさんみたいに、ランクが高くて資金に余裕がある人は分からなかったかもしれないわね。資金に余裕が無い駆け出しの冒険者でもこの辺りで稼《かせ》いで泊まれるように、コーリの冒険者ギルドと提携《ていけい》して、ここで素材の買取が出来るようにしたんですよ」

「それはよかったです。素材が売れないとバーラット……にお金を借りないといけなかったんで助かります。では、早速買取をお願いしてもいいですか」

親しき間でも金の貸し借りをすると、その関係にひびが入りかねないことを元の世界で散々経験してきたヒイロは、それをしないで済むと笑顔でバッグを漁り出す。

「ええ、勿論いいですよ」

そう言って、女将さんはカウンターの下から六十センチくらいの銀色の板を出してカウンターの上に置いた。

「ほう、素材鑑定用の魔道具か。それはコーリの冒険者ギルドが？」

バーラットの言葉に女将さんが頷く。

「ええ、こんな高価な物、この宿の儲けじゃ買えませんからね。コーリの冒険者ギルドから無料で貸し出してもらってます」

「ほほう、魔道具ですか」

ヒイロは興味津々に魔道具に視線を奪われながら、次々とカウンターの上に素材を出していく。

「あら、こんなにたくさん。でも、大部分はゴブリンの素材みたいねぇ……悪いんだけど、ゴブリンの素材はあんまり高く買い取れないわよ」

「ええ、構いませんよ。持っていても、どうせ使い道の無い素材ですから」

申し訳なさそうに確認してくる女将さんに、笑顔で答えるヒイロ。

「そぉ～お？　それじゃあ鑑定していくわね」

そう言うと、女将さんは次々と素材を銀色の板の上に置いていく。

「ゴブリンの牙や爪、角なんかは全部銅貨一枚ね。核は銀貨一枚」

ヒイロは、ここに来る途中でバーラットからこの世界の貨幣《かへい》のことを聞いていた。結果、ヒイロは貨幣価値を、銅貨が十円、大銅貨が百円、銀貨が千円、大銀貨が一万円、金貨が十万円、大金貨が百万円。白金貨が一千万円、大白金貨が一億円と、大まかに割り出していた。

つまり、ゴブリン一匹で核と素材が二つ出たとして、約千二十円。そんな計算を終えて、ヒイロの目が点になる。

「……ゴブリンって、倒すだけ損《そん》しませんか？」

「ああ、所詮はランクGだからな……だから冒険者はゴブリンに遭いたくないんだよ」

「そんなところまでGに似てますねぇ……」

「まったくだ。だからゴブリンキングなんて出た日にゃあ、たまったもんじゃないんだ。金にならないゴブリンどもが徒党《ととう》を組んで襲ってくるんだぜ。迎え撃つ方の士気が上がる筈がない」

「あら？　ゴブリンジェネラルの素材もあるのね」

ヒイロとバーラットがゴブリン談義《だんぎ》をしていると、女将さんが少しビックリして声を上げる。

「はい。ゴブリンジェネラルはどのくらいします？」

「そうねぇ、角と牙がそれぞれ大銀貨五枚。核が金貨三枚ですね」

鑑定を終えて値段を割り出した女将さんの返答を聞いて、ヒイロはなんとか宿代と買い物代が稼げそうだとホッと胸を撫で下ろした。

結局、ゴブリン、ハンティングウルフ。そしてゴブリンジェネラルの素材を全て売り、ヒイロは金貨七枚と大銀貨、銀貨、大銅貨を数枚手に入れる。

「あれ？　もしかしてバーラットさんですか」

お金を手に入れてホクホクしていると、入口の方から男の声が聞こえてきた。ヒイロがそちらに視線を向けると、金属製の鎧を着込んだ戦士風の若い男を先頭に、皮鎧の軽装の男と白いローブ姿の女性が、丁度入ってくるところだった。

「お前は……確かレッグスだったか？」

バーラットがコーリの冒険者ギルドで会ったことのある若者達の名前を思い出すと、レッグスは人懐《ひとなつ》っこい笑みを浮かべる。

「SSランクのバーラットさんに名前を覚えてもらっていたとは光栄です」

「その歳でAランクになった有名人だからな。一応、覚えてはいるさ」

「ははっ、たまたまですよ」

笑顔でバーラットに謙遜《けんそん》した後、レッグスはバーラットの背後にいるヒイロに目をやった。

「そちらの方と妖精は？」

「ああ、俺の旅の連れだよ」

「……へぇ～」

生返事《なまへんじ》をしつつ、ヒイロ達を冷ややかな視線で見つめてくるレッグスだったが、当のヒイロは元の世界でその手の視線には慣れていた。

（憧《あこが》れのバーラットさんが連れているのが弱そうなおじさんというのが気に入らない、って顔ですねぇ……まったく若い、若い）

苦笑いを必死に堪《こら》えながら冷ややかな視線を受け流すヒイロ。

「じゃあ、俺達はこれから買い物に出るから、またな」

バーラットは一方が喧嘩腰《けんかごし》に、もう一方が平然と対立しているのを引き離そうと、明日予定していた買い物を口実にヒイロ達を連れて宿から出る。

「バーラットさん、また後で話を聞かせてくださいね」

レッグス達三人は、そう言いながらバーラットだけに笑顔で頭を下げた。

「何あいつら！　あからさまに人を見下して」

外に出ると、ニーアがヒイロの頭から飛び立ち、怒りながらヒイロの周りを飛び回り始めた。

「ははっ、まぁまぁ、ニーア……彼等はまだ若いんですから、そんなに目くじらを立てないで」

「ヒイロ、若いったってな、少しぐらい鼻《はな》っ柱《ぱしら》をへし折ってもよかったんじゃないか？」

笑顔でニーアを宥めるヒイロを見て、バーラットは嘆息《たんそく》しながらヒイロにそう呟く。

「彼等はまだ、自分の価値観でしかモノを見れらない、挫折《ざせつ》を知らない若者達でしょ。そんな人達は先人の忠告なんて聞きませんよ。バーラット……も若い頃はそうだったんじゃないですか？」

「あー……そうだったかな。あのくらいの歳の頃は、強さでしか相手を見てなかったかもな……でも、それを正すのも年長者の務めってやつじゃないか？」

「バーラット……はあの年頃の頃、目上の人に小言を言われて素直に聞けましたか？」

「……いや、喧《やかま》しいなぁくらいにしか思ってなかったな」

「でしょう。だったら大人しく気付くのを待ちましょう」

気軽にそう結論付けるヒイロに、バーラットは小さくため息をつく。

「……気付く時は死ぬ時……ってのは冒険者の間では結構あることなんだがな……」

バーラットはヒイロに聞こえないくらい小さな声で、悲しげに笑みを浮かべながらそう呟いた。

バーラットの目的の場所は道路を挟んで宿の真向《まむ》かいにあった。

「らっしゃい……っと、バーラットかい。また、酒の補充《ほじゅう》でもしに来たのか」

その雑貨屋に入ると、六十歳近くに見える青い肌のおじさんがカウンターに座りながらバーラットに声をかける。

「おう、フーストン。まあ、それもあるんだが、今回は連れの買い物が本命だな」

「ほう、バーラットが同行を許すなんてな。よっぽどの強者なのかい？」

店主はそう言いつつ、ヒイロに視線を向ける。子供のように目を輝かせ、店内をキョロキョロと物色《ぶっしょく》していたヒイロがその視線に気付き、慌てて姿勢を正す。

「ヒイロといいます。見ての通り、店主の言うような者ではありませんですけどね」

「ははは、なるほど、見た目は強そうに見えないな」

ヒイロの自己紹介に笑顔でそう答えた店主だったが、その視線をすぐに鋭いモノに変える。

「だが、その変な服の傷み具合からすると、戦闘中に背後で大人しくしてるタマではないんだろ？」

「いやいや、恥ずかしながら敵の攻撃もロクに避けられない弱輩者《じゃくはいもの》でして……」

「敵の攻撃を避けられないねぇ……その割に服に血が全く付いてないな。ヒイロさんの肉体強度は一体どうなってるんだい？」

店主にそう言われ、困ったヒイロは頭を掻きながら苦笑いを浮かべた。

「フーストンは今ではこんなこぢんまりとした店の店主なんかしてるが、元Aランクの冒険者でな。俺とパーティを組んだこともある強者なんだよ」

「ははは、それは頭がこんなになる前の昔の話だ」

バーラットに昔の職業をバラされたフーストンは、禿《は》げ上《あ》がった頭をペシペシと叩きながら豪快に笑う。

「まあ、人様の力を無理に詮索《せんさく》するつもりは無いから、安心して商品を見てってくれ」

フーストンの言葉に安堵したヒイロは、再び目を輝かせ、店内の物色に入った。

店内の商品は保存食を中心とした食料品を始め、包丁や鍋《なべ》、フライパンなどの調理器具。下着やシャツといった衣料品など、店主のフーストンが元冒険者だったせいか、冒険者が必要とする物に偏《かたよ》っていた。

その中で、ヒイロは棚《たな》に並んだ十五センチくらいの細長い瓶《びん》に目を止める。

「これは……もしかして……」

「ポーションだな。効果が高い物は置いてないが、HPやMPを回復してくれる。冒険者なら保険に持っておきたいアイテムだが……ヒイロには必要ないだろ」

ヒイロは膨大なHPとMPを保持しており、更にパーフェクトヒールも使える。その為、バーラットの言う通り確かに必要の無いアイテムなのだが、彼にはそんなことは関係なかった。

「ふっふっふっ、元の世界で販売されていた紛《まが》い物《もの》とは違う……本物のポーション……」

「おいおい、本当に買うつもりか？　効果が低いとはいえ、一つ最低大銀貨一枚はするんだぞ」

不気味な笑みを浮かべる姿を見て、バーラットが困惑気味に忠告するが、ヒイロは全く意に介《かい》さない。

「どんな味がするのか、一回飲んでみたいんですよね」

「マジかよ……そんなに美味いもんじゃないんだがな」

ホクホクとポーションを手に取るヒイロを、バーラットは呆れながら見つめていた。

結局、ヒイロはポーション以外にも、調理器具、食器、下着類、調味料、ナイフなど、これから先の旅に必要な物を購入した。

「ほう、随分とお買い上げいただいたな。全部で大銀貨四枚とちょっとってところだが、バーラットの知り合いだ、細かいのはオマケしといてやるよ」

「ありがとうございます」

ヒイロとフーストンがそんなやりとりをしていると、傍からバーラットがドカドカとカウンターに大量の酒を置いていく。

「……まだそんなに飲む気なんですか？」

連日相当量の酒を飲んでいるところを見ているヒイロは、少し頬を引きつらせながらバーラットに尋ねる。

「ああ、本当はコーリに帰るまでは保つくらいの酒を準備してたんだがな。ヒイロも飲むもんだから在庫が切れちまった」

「ほう、バーラットに付き合える程、ヒイロは飲めるのか！」

バーラットの言葉にフーストンが驚きの声を上げる。

「そうなんだよ。こいつ、チビチビ飲んでるくせにいつの間にか俺と同じぐらいの量を飲んでてな」

「ほう！　そいつは凄い……」

いたたまれない気分で二人の『ヒイロはザルだ』トークを聞きながら、ヒイロはお酒の量を少し控《ひか》えようと誓うのだった。

「二人して私の話で盛《も》り上がらないでください」

「がっはは、しかし、本当のことだろ」

雑貨屋を出ると、ヒイロは非難めいた視線をバーラットに向けたが、バーラットはそんなヒイロを笑い飛ばした。

「まぁ、悪いこととは言ってないだろ。酒で俺に付き合える奴は貴重《きちょう》だからな、褒めてるんだよ。それよりも、明日はどうする？　服が欲しいんだろ」

「そうですねぇ……服は欲しいです。それと武器屋を見てみたいですねぇ」

「武器屋～？　ヒイロお前、武器を持つつもりか？」

ヒイロが武器屋を見たいと言うのを聞いて、バーラットはあからさまに難色《なんしょく》を示す。

「いけませんか？」

「やめとけ。お前みたいに不器用な奴が武器を持ったら、切ってはいけない奴まで切るのが落ちだ。そして、今のところ切ってはいけない奴の筆頭《ひっとう》が俺なんだよ」

「う～ん、練習すれば何とかなると思うんですがねぇ」

「勘弁してくれ。まぁ、と言ってもこの集落に武器屋は無いがな。鍛冶屋《かじや》はあるが……」

「鍛冶職人がいるのですか？　魔族の！」

「ああ、いるがそれがどうした？」

「もしかして偏屈《へんくつ》な方ですか？　そして伝説の金属で最強の剣なんて作ってませんかねぇ……あっ！　ＭＰを刃に変える杖《つえ》でもいいです！　私のＭＰ量なら最強の武器に……痛っ！　痛たたたたっ！　痛いですバーラットさん！」

興奮して詰め寄ってきたヒイロに、バーラットはアイアンクローを喰らわせる。

「お前は何を興奮して訳の分からないことを言ってるんだ！　この集落にいる鍛冶屋は、鍋や包丁なんかを製作、修理して生計を立てているただの爺《じい》さんだよ！」

バーラットの容赦《ようしゃ》の無いアイアンクローは、確実にヒイロのＨＰを削っていった。

「おはようヒイロ、ニーア……って、何やってんだ？」

翌朝、バーラットが朝食を取ろうと二階から降りてくると、宿の中庭にヒイロとニーアの姿を見つけた。外に出て近付いてみると、ヒイロが熱心に変な動きをしている。

「あっ、バーラットおはよう」

バーラットに気付いたニーアが近付き挨拶を交わすが、ヒイロは変な動きに集中しているらしく、そちらに気付かない。

ヒイロはドタドタと数歩、歩いたかと思うと、シュッと拳を繰り出し、そしてまた数歩下がるという動作を繰り返していた。

「本当に何をやってるんだ？」

「変な踊《おど》り……かな？」

バーラットの疑問に、同じくヒイロの行動を理解出来ていないニーアが疑問形で答える。

そのまま二人はしばらくヒイロを眺めていたが、とうとうバーラットが痺れを切らし、ヒイロの背後に近付いて後頭部をペチンと叩く。

「痛っ……っとバーラット……いきなり何をするんですか」

「何をするんですかじゃねぇよ。ヒイロこそ何をやってるんだ？」

後頭部を押さえ驚いた顔で抗議するヒイロに、バーラットは呆れ顔で聞き返す。

「何って……訓練じゃないですか？」

「……訓練？　もしかして戦闘訓練とか言うんじゃないだろうな」

「ええ、戦闘訓練ですよ。こうやって……」

言いながらヒイロは何もない空間に向かってジャブを放つ。

「仮想の敵を想像して攻撃や防御の練習をしてるんです」

更に首を左右に振ったり、ドタドタと歩いて何度かジャブを放ったりするヒイロを見て、バーラットは軽い頭痛を覚える。今ヒイロのしていることが訓練として成立しているとは、とても思えなかったのだ。

「なぁ、ヒイロ」

「何でしょう」

「攻撃と防御はまぁいい。お前の攻撃力と防御力なら昨日俺が教えたように、素早い攻撃の引きと次の攻撃への準備が出来ていれば、多少ぎこちなくてもどうとでもなる。だから次は足運びを覚えろ」

「足運び？」

「ああ、素早く敵の懐《ふところ》に入り、一発攻撃を入れる。ヒイロの場合は大概それで勝負が決まる。逆に言えば、お前に小技は要《い》らないんだよ」

バーラットの指摘を聞いて、ヒイロは目を見開く。

「ふむ、足運びですか。なるほど……練習してみます」

少し考える素振《そぶ》りを見せた後、ヒイロはドタドタと中庭を走り回り始めた。その姿は早朝マラソンをしているおっさんそのものだが、【超越者】による能力値強化により見た目とは裏腹《うらはら》にスピードは異様に速い。普通ならそのスピードに目を見張るところだろうが、自称スーパーおっさんのバーラットはその動きを見て頭を抱えた。

「ヒイロ、何だそのべた足は、それじゃあただ走ってるだけだろ！　体重は親指の付け根辺りにかけて、踵《かかと》は気持ち浮かせるようにしろ。そうすれば重心《じゅうしん》の移動がスムーズになる筈だ」

「親指の付け根……こんな感じですか」

「ああああ！　違う！　何で上半身がそんなに後ろに反《そ》るんだ！　普通は前方に傾くだろ！」

「むっ……こうですか？」

「だぁーー！　なんでそんなに猫背になっちまうんだ！　極端《きょくたん》過ぎるんだよ！」

「むむむ！　なら、これでどうです」

「今度はガニ股になってる！」

バーラットの熱血指導は朝食終了時間ギリギリまで続けられたが、不器用の極致《きょくち》ヒイロの動きの矯正《きょうせい》は、ついに成《な》されることはなかった。


「あー……朝からどっと疲れたぜ」

ギリギリ朝食に間に合い三人でテーブルを囲むと、バーラットは背もたれに身体を預け天井を見上げた。

「いやいや、朝からバーラット……に稽古《けいこ》を見てもらえるとは、有意義な時間でした」

バーラットとは違い、疲れた様子など毛の先程も見せないヒイロはニコニコと頭を下げるが、特に精神的に疲れていたバーラットは天井を見上げたまま、ヒラヒラと手を上下に振って応えた。

「でも、あの特訓で本当に上達したの？」

最後まで変な踊りにしか見えなかったニーアは、コップに顔を突っ込むような形で水を飲んだ後で、ヒイロに尋ねる。

「ニーア……、訓練とは一日でどうこうということではないのですよ。特に私は人より覚えが悪いですから、毎日コツコツ練習して身体に覚えこませるのです」

「……ふ～ん」

小学校の時分に、六年かけてコツコツと逆上《さかあ》がりを覚えたヒイロは、自身が人より覚えが悪いことは十分に承知していて、それ故《ゆえ》の、この世界で生きる為に必要なことだと思っての言葉だった。

だが、基本、楽観的《らっかんてき》で享楽《きょうらく》主義なところが特徴の妖精族であるニーアにしてみると、今のままでも十分強いのに、何でそんな面倒臭いことを……としか思えず、生返事をするのだった。

「あっ！　バーラットさんおはようございます」

朝食が運ばれてくるのを待っていた三人に、正確にはバーラットにだが、突然声がかけられた。

三人が同時に声のした方に振り向くと、階段を降りて来たレッグス達が、バーラットに笑顔で近付いて来るところだった。

「バーラットさん、これから朝食ですか」

ヒイロとニーアなどいないかのようにバーラットに話しかけるレッグス。

そのレッグスの態度に、ニーアは苦虫《にがむし》を噛み潰したような顔をして、ヒイロは笑顔のまま平然としていた。

「おう、お前らはこれから出るのか?」

「はい、ちょっと近くの森に」

「この辺にAランクのお前らの標的《ひょうてき》になるような獲物はいないだろ」

「いやー、本当はCランクでも受けられる依頼なんですけどね、装備を新しくしたくて、小金欲しさに受けてたんですよ」

「まあ、それはいいが……お前ら、昨日の夜俺が言った――」

「すいません。じゃあ、俺達行くんで」

バーラットが何かを切り出そうとした瞬間、レッグス達は話を無理矢理切り上げて出て行ってしまった。

「くそっ、あいつら……」

レッグス達の後ろ姿を見ながら悪態をつくバーラットを見て、ヒイロは静かに口を開く。

「バーラット……もしかして昨夜彼等に？」

「ああ、目上の者にはもう少し丁重に接しろと言ったんだがな……」

「バーラット……は思ってた以上に面倒見がいいですねぇ」

「そんなんじゃねぇよ……俺の連れのお前らが舐《な》められてるようじゃ、俺の見る目が無いみたいじゃねぇか」

バーラットの照れの入った説明を聞き、ヒイロは目を細めた。

（私達が馬鹿にされてるのが許せなかったというところですかね……でも、バーラットさん……おじさんのツンデレは気持ち悪いです）

バーラットの苦しい言い訳を聞いてヒイロは目を瞑りつつ、密かに苦笑していた。

「……まぁ、そういうことにしておきましょう」


ヒイロ達三人は朝食を済ませた後、宿の女将さんに服を売っている店を聞き、足を運んでいた。

女将さんに言われた場所に行ってみると、普通よりやや大きめの民家が一軒。外観《がいかん》からはお店には見えず、どうやら地元の人相手に服を売っている店らしかった。

「ヒイロ、それでどうするんだ？　この店には一般向けの服しか置いてないぞ」

店に入り、一通り店内を見たバーラットの質問に、ヒイロは壁際《かべぎわ》に並べられた服を見ながら顎に手を当てて考え込む。

確かにバーラットの言う通り、この店には普段着のような服しかなく、冒険者や旅人が着るような服は置いていなかった。

普通、裁縫《さいほう》といっても一般的な服と防具では根本的に製法が違い、普通の服を作っている職人が防具を作れるとは限らない。バーラットは店に並んでいる品物を見て、ここにはゴールデンキングベアの毛皮を加工出来るような職人はいないと判断していた。

「そうですねぇ……ここで普通の服を買うのも手ですけど、コーリでゴールデンキングベアの毛皮で服を作ってもらったら、着なくなってしまいますよね。それは勿体無い気がします」

「とりあえず、ここでローブでも買えばいいんじゃない？　そのボロボロの変な服が目立たなければいいんでしょ」

「なるほど、それもいいですね」

「ローブだったら、フーストンの所でも買えたぞ。あそこの方が旅人向きの物があると思うがな」

「そうですか……だったら――」

ニーアの提案に納得しかけ、バーラットが更に追い討ちをかけたことでヒイロが決断しようとしかけたその時、三人の背後から声がかかった。

「いらっしゃいませお客さん。何かお探しですか？」

三人が振り向くと、銀髪で青い肌の十歳くらいの可愛い女の子が、ニコニコとヒイロ達に微笑みかけていた。

「おや、お嬢《じょう》さんはここの子ですか？」

「はい！」

笑顔で元気よく答える女の子に、ヒイロはとろけたような笑顔になる。

「それで、お客さんはどのような品をお探しなんですか？　見たところ、冒険者みたいですが」

バーラットを見てとりあえず冒険者と口にしてみたものの、ヒイロのボロボロの背広を見て、小首を傾げてしまう女の子。

その女の子の仕草に、ヒイロはますます顔をとろけさせてしまう。

「ええ、実はローブを探しているのですが……」

「おいおい、ヒイロ……」

先程フーストンの店でローブを買うと決まりかけていたのに、女の子の店員に探している商品の説明を始めたヒイロに、バーラットが小声で話しかける。

「なんです？」

同様に小声でバーラットに返すヒイロ。

「お前、フーストンの所で買うって決めたんじゃないのか？」

「いや～……こんな可愛らしい店員さんに来られたら、断れないじゃないですか」

「お前なぁ……」

久しぶりに会った姪《めい》っ子《こ》に顔を綻《ほころ》ばせながらお小遣いをあげるおじさんのようになってしまっているヒイロに、バーラットは呆れた声を上げる。

ヒイロは頑張っている若者が好きだが、頑張っている、しかも、家の手伝いをしている子供はもっと大好きだった。つまり、この女の子が出てきた時点で、ヒイロの購買意欲はマックスになっていたのである。

「それでは、これなどはどうでしょう？」

ヒイロがローブを探していると聞き、女の子が持ってきたのは、この店で一番高い、虹色蚕の糸で作られた絹のローブだった。

その滑《なめ》らかで艶《つや》のあるローブを見てヒイロは目を輝かせ、バーラットは顔をしかめる。

「ほうほう、これは見事です」

「おいおい、待て待て待て！」

ローブに手を伸ばしかけたヒイロをバーラットが慌てて止める。

「何ですかバーラット……」

「いやいや、あれは貴族や金持ちが外出する時に着る外套《がいとう》だ。断《だん》じて旅人が着るようなローブではない。大体、ヒイロの予算で買える物ではないぞ」

「そうなんですか？　……一体、どのくらいする物なんでしょう」

バーラットの説得を聞き、ヒイロが女の子に向き直り値段を聞く。

「大金貨三枚です」

その質問に、女の子はニッコリと微笑んだまま、元気よく答えた。

「……あー、確かに無理ですねぇ」

棒読《ぼうよ》みで呟き、そろそろとローブに伸ばしていた手を引っ込めるヒイロ。

「そうなんですか……ではどのような物がよろしいのでしょう？」

「そうですね……」

「こいつは本当は防具と兼用《けんよう》になるような服が欲しいんだ」

女の子がシュンとなりながらお伺《うかが》いを立ててきたのに対し、ヒイロがそんな女の子の姿に罪悪感を覚えて口を開こうとすると、バーラットが無理矢理割り込んだ。

「防具……ですか？」

女の子がキョトンとしながら尋ねてくると、バーラットは仰々《ぎょうぎょう》しく頷く。

「ああ、だから入る店を間違えたと思ってたところ……」

「防具でしたら少しお待ちください！」

バーラットは、ヒイロが女の子可愛さに暴走《ぼうそう》する前にこの店を出てしまおうと考えて、話を無理矢理切り上げようとした。ところが当の女の子は、満面の笑みでそう言って、カウンターの奥に走って行ってしまった。

「……今の内に行っちゃおうか？」

女の子の姿が完全に消えたのを見計らって、ニーアがボソッと呟く。

「いやいや、何を言ってるんですニーア……あの女の子が戻ってきて私達がいなかったら、悲しませてしまうじゃないですか」

「俺も、それをするには流石に罪悪感があるな」

「むー！　でもあの子、結構したたかだよ。普通、いきなり店で一番高い商品を持ってくる？」

ニーアにそう言われ、二人が店の品揃《しなぞろ》えを見回してみると、確かにほとんどがお手頃値段の商品であり、あんなに高級な商品は展示してなかった。

「……結構、商魂逞《しょうこんたくま》しい子みたいですねぇ……」

「ああ、しっかりしてやがる……」

二人がその事実に気付き呆然と呟きあっていると、女の子が一人の女性の手を引いて戻ってきた。

「ちょっとセルティア！　一体何なのよ」

手を引かれながら現れたのは、女の子と面影《おもかげ》が似た十七、八歳くらいの眼鏡《めがね》を掛けた女性だった。

「お客さん、待たせて御免なさい」

セルティアと呼ばれていた女の子は、女性とともにヒイロ達の前に戻ってくると、ペコッと頭を下げる。

「いいえ、それは構いませんが、そちらの女性は？」

「あっ、私のお姉ちゃんのセシリアです。お姉ちゃんならお客さんの要望にお応え出来ると思いますので」

「随分と若いようだが？」

バーラットはセルティアの言葉を聞き、懐疑的《かいぎてき》な視線をセシリアに向ける。セシリアはその言葉に少しムッとした表情を浮かべたが、向けられた視線の先にバーラットの姿を確認して、目を大きく見開いた。

「うそっ！　まさかSSランクのバーラットさんですか！」

「おっ……おう、そうだが」

若い女性に突然名前を呼ばれ、少し気後れしながらバーラットが答える。

「やっぱり！　じゃあ、バーラットさんが私に防具の依頼を？　やったぁ！　私の記念すべきお客さん第一号がバーラットさんだなんて！　任せてください！　まだまだ新米ですが、名職人と言われたお爺ちゃんの名にかけて素晴らしい物を作ってみせます！」

「いや、それは違う！　防具を作ってもらいたいのはこいつだ！」

ここで防具を作ることに消極的《しょうきょくてき》だったバーラットだったが、セシリアの勢いに押され、その台詞回しに突っ込みを入れたくてウズウズしていたヒイロを思わず矢面《やおもて》に立ててしまう。

「えっ……こっちの人……ですか？」

セシリアはヒイロの姿をしげしげと見て、明らかに最大だったテンションを急降下させた。

「それで、どんな防具が欲しいんですか？」

テンションだだ下がりのセシリアが、ヒイロに向かって半分怒ったように尋ねてくる。

そんなセシリアの態度にヒイロは苦笑を浮かべつつも、マジックバッグ経由で時空間収納からゴールデンキングベアの毛皮を取り出した。

「実は、このような素材を持っているのですが、これを使って服を作って欲しいのです」

「へー、素材は持ち込みなんですか……って！　これまさかゴールデンキングベアの毛皮！」

ゴールデンキングベアの毛皮は、金属並みの強度と皮の柔軟性を併《あわ》せ持つことから、皮、毛皮素材としては需要《じゅよう》が高く、それに比例して値段も希少性も高い素材だった。

セシリアはそんなゴールデンキングベアの毛皮を見て興奮する。

「ええ、ゴールデンキングベアです」

「ん～！　初めてのお客さんがバーラットさんじゃなかったのは残念だったけど、ゴールデンキングベアの毛皮を扱えるなら、受けてもいいわね」

大分上から目線だがセシリアが乗り気だと分かり、ヒイロはニッコリと微笑んだ。

「で？　どんな服が欲しいの？」

「そうですねぇ……ローブよりは、トレンチコートみたいな形の方が動いても邪魔にならなそうなので、使い勝手がいいかもしれませんね」

「トレンチコート？」

ヒイロとしては、風にバサバサとたなびく躍動感《やくどうかん》溢れる動きを思い出して、何となく口にしただけなのだが、セシリアは聞きなれぬ言葉に首を傾げる。

「ああ、こちらの世界には無かったですか……えーとですね……」

ヒイロがトレンチコートの形状《けいじょう》を説明していくと、セシリアはそれを聞きながら木の板に木炭を走らせていく。

「んー、こんな感じ？」

そう言ってセシリアが見せたのは、胸元ががっつり空《あ》いた毛皮のベストみたいな絵だった。

「いやいや、今の説明で何で世紀末に大量発生するモヒカンな人みたいな服になるんですか！　大体、そんなに胸元が開いていては防具の意味があまり無いじゃないですか」

「世紀末？　モヒカン？　……まぁいいわ。要するに防御力が必要なのね……じゃあこんな感じ？」

次にセシリアが提示したのは毛皮を何重にも重《かさ》ね、限りなく毛皮で丸くなったような人の絵。

「……セシリアさんは私の話を聞いているのですか？　どうしたら私の説明で、毛玉ボールみたいな形になるんですか！」

「むー！　防御力は高い筈なのに！　だったら……痛っ！」

セシリアがムキになって更に絵を描《えが》こうとしたところ、彼女の背後から杖が現れ、その頭頂部をコツンと叩いた。

セシリアが頭頂部を押さえてうずくまると、その背後からひどい猫背の老人が姿を現わす。

老人は青い肌で瓶底《びんそこ》のような度の強い眼鏡をかけており、厳しい表情でうずくまるセシリアを見下ろしていた。

「あたたた……何するのお爺ちゃん！」

「何するのじゃないわ！　先程から見ておれば、お客さんに対して何て態度で接しておるのだ」

老人はセシリアの文句に対して、老人とは思えぬ声量で叱《しか》り飛《と》ばす。

「だって、口頭での説明だけで、よく分かんない服を作れって言うんだもん」

ゴンッ！

再びセシリアの頭に杖が振り下ろされる。

「いた〜〜〜い！」

「さっきの説明で、なんで形状を想像出来ん？　そんなんだからお前は半人前なんじゃ！　大体、目立つゴールデンベアの毛皮を全面に出すようなデザインをするとは何事だ！　戦場で金色を纏うなど、目立ってしょうがないじゃろ。防具として使用するならゴールデンベアの毛皮は表面に出さないのが基本じゃ！」

老人はセシリアを一喝《いっかつ》すると、ヒイロ達の方に向き直る。

「孫娘《まごむすめ》が大変失礼をしました。儂《わし》はこやつの祖父《そふ》であり、師でもあるクルサス・ゼルダーと申します」

老人はそう自己紹介しながら深々と頭を下げた。

「いえいえ、気にしていません。それに、若い方は少し反抗的な方が将来が楽しみではないですか」

「いやいや、こやつは身内だった為に、少し甘やかしてしまいましてな。まったく、お恥ずかしいかぎりです」

ヒイロとクルサスが社交辞令的会話を進めていると、クルサスはヒイロが出したゴールデンキングベアの毛皮に目を止める。

「ほほう、頭部は無いが傷一つ無い見事な毛皮ですのぉ。身体に傷を付けずに仕留めるのは苦労したでしょう」

「えっ……ええ、まぁ……」

実際はワンパンであっさり倒したのだが、そんなことは言える訳がなく、ヒイロは曖昧《あいまい》に返事をする。

クルサスはそんなヒイロの姿をじっくりと見つめる。

長年多くの客を見てきたクルサスの目には、とてもヒイロがゴールデンキングベアを倒せるようには見えず、そして金を持ってるようにも見えなかった。

「ふむ……服を作るのは構わんが、お代は大丈夫ですかな?」

「いかほどかかるのでしょうか?」

「ゴールデンキングベアの毛皮の品質は最高の物。であれば、それに見合う最高の服を作りたいというのが職人の性《さが》。儂には毛皮や皮を薄く加工する技術と魔法がありますので、それを使用し、厚みのない軽《かろ》やかな服を作るとなれば、大金貨五枚は欲しいところですな」

「大金貨五枚……」

クルサスの提示した金額に、ヒイロは言葉を詰まらせてバーラットの方に目を向ける。

「うむ、クルサス・ゼルダーというのが、俺の知るクルサス・ゼルダーならば、その作品の価値はそれくらいはするな。ちなみに、俺はそんなに手持ちはないぞ」

そんな大金、持ち合わせは無いと釘《くぎ》を刺すバーラットだが、ヒイロは違うことに引っかかりを覚えた。

「クルサスさんを知ってるのですか？」

「かつて、そんな名の天才裁縫師がいたと聞いたことがある。当時の冒険者はこぞってその人の作った防具を欲しがったという話だ」

「フォフォフォ、天才は言い過ぎじゃな。しかし、儂が目を悪くして針を置いたのは五十年も前のことなのに、まだ名を知る者がいるとはのぉ」

バーラットの言葉に、肯定を匂《にお》わす言葉を発するクルサス。そのクルサスの言葉に、ヒイロは目を丸くする。

「五十年前に引退って、魔族の方はそんなに長生きなのですか？」

「魔族といっても、儂等は混血じゃからのぉ。寿命《じゅみょう》は精々五百年といったところじゃな」

「というと純血《じゅんけつ》なら……」

「さて？　儂等の先祖が魔族の国を離れ長い時が経っとりますから、どのくらいなのかは存じませんが、少なくとも千年はあるんじゃないですかのぉ」

「魔族の国！　それは一体何処に」

純血の魔族。それが神の言った魔族のことではないかと、ヒイロはクルサスに詰め寄り尋ねる。しかし、クルサスの答えはヒイロの望むものではなかった。

「それは分かりませぬ。先程も言った通り、先祖が魔族の国を離れたのは遠い昔。既にその場所を示すような伝承《でんしょう》は残っておりませんからのぉ」

「そうですか……」

「それで、お代は出せるんですか？」

ヒイロがガッカリしてるところに、脇で黙って事《こと》の成り行きを見ていたしっかり者のセルティアが、項垂《うなだ》れたヒイロの顔を覗き込むようにして聞いてくる。

「うっ！」

ヒイロにも、名工《めいこう》の血縁《けつえん》が手がける服が欲しいという気持ちは芽生《めば》えていた。そこへ、商魂逞しいセルティアからおねだりするような瞳で見つめられ、断り辛くなったヒイロは、マジックバッグに手を突っ込み、禁じ手としていた素材を引っ掴む。

「これで何とかならないでしょうか！」

「あー、出しちゃった！」

「だー！　それは出すなと言ったろー！」

ヒイロがマジックバッグから三十センチ程の円板状の物を取り出しクルサスに差し出すと、バーラットとニーアが一斉に悲鳴に近い叫び声を上げた。

「これは……」

クルサスはヒイロからエメラルドグリーンに輝く円盤《えんばん》を受け取ると、眼鏡を額にずらし、懐からルーペを取り出す。そしてしばらくじっくりと円盤を見てから、信じられないという表情で顔を上げた。

「……これは、もしかしてエンペラーレイクサーペントの鱗では？」

「はい。物品による支払いになりますが、それで何とかならないでしょうか？」

顔に手を当てて天を仰ぐバーラット達をよそに、ヒイロは神妙《しんみょう》な面立《おも》ちでクルサスに懇《こん》願《がん》する。

「何とかと言われてものぉ……これは……」

言《い》い淀《よど》むクルサスを見て、ヒイロが『やっぱり無理ですよね』と思っていたところに、バーラットが大きく息を吐いた後、渋い顔をしながら口を開く。

「三年前、王都でエンペラーレイクサーペントの鱗がオークションに出されたことがあった。イナワー湖の湖底で発見された物だという話だったが、長い年数が経ち少し劣化《れっか》が見られたその鱗は、白金貨二枚で落札《らくさつ》されたそうだ」

「うむ……劣化した鱗が白金貨二枚なら、この今抜け落ちたような見事な鱗は一体、いくらになるやら……」

「最低でも白金貨四枚……いや、五枚はいくか」

「……」

バーラットとクルサスのやりとりに、まさかそこまで高価な物だとは夢にも思っていなかったヒイロは、これはやってしまったと無言になり冷や汗を流し始める。

「いくら何でもこのような品、お代としては高価すぎて受け取れませんなぁ」

鱗をヒイロに返そうと差し出すクルサスだったが、ヒイロはその鱗を押し返す。

「差額分は差し上げますので、何とかこれで服を作っていただけませんか？」

「いや、しかしのぉ……」

「お願いします」

「だが、これだけの品を受け取る訳には……」

「そこを曲げてなんとか」

元の世界の社会人だった頃の経験から、ヒイロはこの問答に持っていけば貰い手の方がいつか折れると算段し、必死に食い下がった。

エンペラーレイクサーペントの鱗は、クルサス達にしてみれば、とても商品とは釣り合わないとんでもない品である。ところがヒイロからしてみれば、在庫ばっかり大量にあるくせに、迂闊《うかつ》に出せないと分かった厄介な素材。出してしまった以上後の祭りではあるが、お釣りを放棄《ほうき》してでも依頼を受けてもらった方がありがたかった。

「むぅ……釣りはいらないと……そこまでおっしゃるのならこのクルサス・ゼルダー。引退した身なれど、孫娘を手足のように使ってでもこのお代に見合う品を作り上げて見ましょう」

「本当ですか！　ありがとうございます」

半世紀ぶりに創作意欲を見せるクルサスと、鱗を時空間の肥《こ》やしにせずに済んだと喜ぶヒイロは、笑顔で握手を交わす。そんな二人だったが、手足のようにこき使うと宣言されたセシリアは今にも泣きそうな顔をしていた。

採寸《さいすん》を済ませ、服の完成には五日はかかると言われて普段着仕様《しよう》のズボンと長袖《ながそで》のシャツを貰ったヒイロは、着心地《きごこち》を確かめながらバーラット達と帰路《きろ》についた。その道中、バーラットは腑《ふ》に落ちないといった表情を浮かべていた。

「バーラット、どうしたの？」

「ん～、ちょっと気がかりなことが……」

バーラットの様子に気付いたニーアが小首を傾げると、バーラットは歯切《はぎ》れの悪い言葉を返す。

「気がかりってなんなの？　もしかして、さっきおじいちゃんに鱗の出所《でどころ》を口止めしてたのと関係ある？」

「そういう勘は鋭いなお前……そうだな……なぁ、ヒイロ」

悩むくらいなら直接聞いてみようと、バーラットは横を歩くヒイロに呼びかける。

「なんです？」

「お前、随分あっさりと鱗を渡したな」

「えっ！　それはまぁ……名人に作ってもらうのですからそれくらいは……」

目を泳がせ、しどろもどろに答えるヒイロを見て、バーラットはある種の確信を持った。

「……なぁヒイロ。お前、あと何枚鱗を持っている？」

バーラットは最初、値段を聞けばヒイロは鱗を引っ込めると思い、オークションの話をしたのだ。だが、それでもあっさり鱗を渡したヒイロの行動に不審を抱いていた。

エンペラーレイクサーペントの素材は、並みのドラゴンの素材よりも価値が高く、鱗一枚でも市場に出れば大騒ぎになる。そして、ヒイロには【時空間魔法】という便利この上ない魔法があることをバーラットは知っていたが、その中に解体という機能があることまでは知らなかった。

だからバーラットはヒイロが頭蓋骨を出した時、【一撃必殺】というスキルは、使った相手を骨にする程破壊してしまうスキルだと思い込んでしまったのだ。そして、ヒイロが持っている素材はその残りカス程度だと思っていた。

だが今回のヒイロの行動で、もしかしてヒイロは鱗一枚渡した程度では動じない程の素材を持っているのではないか、という疑いが生じたのである。

「……あと、一万五千八百四十一枚です」

おずおずとヒイロが答えたことで、バーラットの疑惑は確信に変わった。

「もしかして核も……」

「ありますねぇ」

「かーっ、やっぱりか！　おいヒイロ！　今、お前が持っている素材は、国の国家予算一年分を遥かに超える価値があることを肝《きも》に銘《めい》じておけ！　そして、よっぽどのことがない限りこの先、絶対にエンペラーレイクサーペントの素材は出すな。お前がそんな物を持っているなんてバレたら、最悪の場合、国すら敵に回るかもしれないぞ」

バーラットの凄まじい剣幕と、国すら敵に回るかもしれないという脅《おど》しにも似た文言を受けて、ヒイロはただただ、コクコクと頷いた。

（エンペラーレイクサーペントの核が持つ魔力は、国が無視出来る物ではない……もし、それを個人が持っていると各国が知ったら、確実にヒイロを狙ってくる。そして、それはこの国も例外ではないだろう。ヒイロと縁《えん》を持った俺にも間違いなく声がかかるだろうなぁ……もっとも、ヒイロなら渡せと言ったら素直に渡すかもしれんがな）

魔物の核は魔道具や魔導兵器の動力源、つまり乾電池《かんでんち》のような役割や、武器、防具の強化素材など、幅広《はばひろ》い活用が出来る素材である。

核が内包する魔力は、それを持つ魔物の強さに比例しており、エンペラーレイクサーペントクラスになると、街の十や二十を簡単に破壊する程の魔力を内包している。

（本来ならそんな物、国が管理すべきかもしれんが、国の重鎮《じゅうちん》の中にも色々な奴がいるからなぁ……核を持ったことで戦争推進派なんかが生まれたら、有事の際に動くことになるこっちが堪《たま》らん）

ヒイロが危険分子かもしれないと同行を始めたバーラットだったが、そんな危険な物はヒイロが一生、時空間の中に死蔵《しぞう》させておくのが一番ではないかと思うようになっていた。

（やれやれ、面倒なことになったなぁ）

バーラットは初めて、権限に釣られてＳＳランクに上がったことを後悔していた。

第8話　平和な集落での異変

「おはようございます。今日も精が出ますねヒイロさん」

村の外れで訓練に勤《いそ》しんでいたヒイロは、可愛らしい挨拶を受け、とろけた笑顔でそちらに顔を向ける。

「おはようございます、セルティアさん。今日も養蚕の現場までお昼を届けに行くのですか？」

「お父さんがお腹を空《す》かせて待ってますから」

「そうですか。では、気を付けて行ってきてください」

「はい。では、行ってきます！」

元気に返事をし、養蚕の現場で働いている父親の下《もと》へお昼を届ける為に森へと入って行くセルティアを、ヒイロは笑顔で手を振って送り出した。

「働き者のいい子ですねぇ」

「……子供にしてはやたらとしっかりし過ぎだがな」

「うん、ああいう子が将来、男を手玉に取ったりするんだよね」

「ああ、そして手玉に取られるのはヒイロみたいな奴、と……」

ヒイロが特訓している傍で、木陰に陣取《じんど》りエンペラーレイクサーペントの肉を肴《さかな》に昼から酒を楽しんでいるバーラットと、肉だけを楽しんでいるニーアがちゃちゃを入れてくる。

バーラットは、貴重だと思っていたエンペラーレイクサーペントの肉をヒイロが大量に持っていることを知り、ヒイロの訓練を見る事を条件に遠慮無く要求するようになっていた。

ヒイロの服を注文して四日。その間、バーラットは極上《ごくじょう》の肴《さかな》を得て毎日酒を楽しんでいる。しかし、だからといってヒイロへの指導を怠《おこた》る程、無責任ではなかった。

「おい、ヒイロ。また足元がばたつき始めたぞ！」

セルティアと出会ったことで注意力が散漫《さんまん》になったヒイロに、すぐさま指示を飛ばす。

「おっと！　まったく、少し気を抜くとすぐに形が崩れてしまいます。身体に動きを染み込ませるには、まだまだ程遠《ほどとお》いようです」

バーラットに注意を受け、すぐさま体勢を整えるヒイロ。

「よーし、その感じだ。大分様《さま》になってきたじゃないか」

ヒイロを褒めながら、バーラットは近くに落ちていた石を拾い、後ろを向いているヒイロに向かってポイっと放り投げた。

「おおうっ！」

死角から飛んできた石を、ヒイロは大袈裟に叫びながらオーバーアクションで躱《かわ》す。

「ほほう、気配の察知も随分出来るようになってるじゃないか。これで紙一重《かみひとえ》の最小限の動きで躱せるようになれば文句無しなんだがな」

「無茶を言わないでください。毎日、後頭部に石をぶつけられてやっと、何かが近付いて来る程度に分かるようになったばかりなんですから」

「ははは、普通は【気配察知】を持ってれば、息をするように出来る筈なんだがな。本当に不器用な奴だな」

「ほっといてください」

ヒイロは文句を言いながらも、バーラットの指導の下、訓練を続ける。そのまま日暮れまで、ほろ酔い教官の指導は続いた。


「あれ？」

日が西に大きく傾き辺りが赤く染まり始めた頃、ヒイロは違和感《いわかん》を覚えてその動きを止める。

「どうした？　……ってもうこんな時間か。酒を飲むにはこれからだが、訓練はここまでだな」

一応、ヒイロの訓練を見るということでアルコール度数の低い酒で我慢していたバーラットは、これからが本番だとアルコール度数の高い酒を物色し始める。

「本番は宿に戻ってからしてください！　って……それよりも、セルティアさんは森から戻ってきましたか？」

いつもなら届けに行って三十分程で戻ってくるセルティアが、今日は未だに姿を見せてないことに気付いたヒイロが、バーラットとニーアに尋ねる。しかし二人は揃って首を左右に振った。

「まさか！　森の中で何かあったんでしょうか」

慌て始めるヒイロをバーラットが宥める。

「落ち着けヒイロ。この森は養蚕場があるから集落の自警団が常に見回っている。何かあればとっくに騒ぎになってるはずだ。おそらくここを通らずに帰ったんだろ」

「そう……ですか。だったら、いいんですけど……」

「ヒイロは心配し過ぎ。そんなに心配なら、服の進捗《しんちょく》状況の確認がてらゼルダーさんとこに寄ってみればいいじゃない」

ニーアの提案に、ヒイロは浮かない顔のまま「そうですね」と頷いた。


「セルティア！　帰って来たの……って、何だヒイロさん達か……」

ゼルダー家の扉を開けるとセシリアが凄い勢いで奥から出て来て、ヒイロ達だと分かるとあからさまに落胆《らくたん》した。

そのセシリアの様子にヒイロの不安が大きくなる。

「まさか、セルティアさんがまだ帰ってきてないんですか？」

「うん、そうなの……いつもならすぐに戻って店の手伝いをしてくれるんだけど、今日はまだ戻ってきてないの」

「やはり、森で何かあったんじゃ……」

「だから落ち着け！」

再びそわそわしだすヒイロの首根っこをバーラットが抑え込む。

「自警団に連絡は？」

無駄にあわあわしているヒイロの代わりにニーアが尋ねると、セシリアは首を左右に振った。

「それじゃ、まずは自警団に連絡したほうが……」

「大変だー！」

ニーアが次に取るべき行動を冷静に示唆《しさ》しようとしたその時、魔族の若者が凄い勢いで飛び込んで来た。

「どうしたのナルフト」

突然の来客者にびっくりしながらも、セシリアが知り合いらしいその若者に話しかける。

ナルフトは急いで来たのか肩で息をしつつ、神妙な面持ちで口を開いた。

「自警団の人達が……行方《ゆくえ》不明らしい……」

乱れた息で話すナルフトの言葉に、その場にいた全員が一瞬凍《こお》りつく。

「自警団が行方不明……それはどういうことなんだ？」

最初に硬直から解けたバーラットが問いかけると、ナルフトは静かに話し始めた。

「なんでも、交代の自警団員が詰所《つめしょ》に行ってみたら、誰もいなかったらしいんだ。それで、不審に思って警邏《けいら》で回るルートを見て回ったが誰にも会わなかったらしい」

「養蚕場は！」

不安に駆られたセシリアが悲鳴のように叫ぶと、ナルフトは顔を伏せた。

「そっちはまだ確認してないみたいだ。異変を知らせに戻った自警団員の報告を受けて、養蚕場の人達がまだ戻って来てないのを確認した長老が、宿にいたAランクの冒険者に養蚕場の様子を見てきてもらうよう依頼したみたいだけど……」

ナルフトの話を聞いて、セシリアはペタンとその場に力無く尻餅《しりもち》をつく。

その様子を見たヒイロは、バーラットとニーアの方に振り向いた。

「私達も行きましょう！」

「おいおい、待てよヒイロ。レッグス達が行ってるんだ、大人しく報告を待った方がいい」

「しかし……」

「あっちは依頼で行ってるんだ。依頼も受けてねぇ俺達が行って現場を引っ掻き回すのは筋違《すじちが》いだと言ってるんだ」

バーラットの言葉に一旦は項垂《うなだ》れたヒイロだったが、すぐに顔を上げ、カッと目を見開いてバーラットとニーアを見つめた。

「バーラット！　ニーア！　それでも私はじっとしてられません！　私一人でも！　と言いたいところですが、何かあった場合、私一人では対処出来ません。申し訳ありませんが一緒に来ていただけませんか。でないと、一生さん付けで呼び続けますよ！」

ヒイロは自分が万能だとは思っていない。たとえ、絶対的な攻撃力と防御力を持っていようと、戦闘の素人であると自覚している。不測の事態が起こっている場合、それを解決する為の知識を持ち合わせていないこともよく分かっていた。

いきなり呼び捨てにされ目が点になったバーラットとニーアだったが、ヒイロの子供じみた説得材料を聞いて、思わず笑みが零れる。

「まったく、しょうがないなぁヒイロは」

「一生さん付けではかなわんからな……しょうがねぇ、タダ働きだが付き合ってやるか」

「ニーア、バーラット」

了承してくれた二人を、ヒイロは笑みを浮かべて見つめる。

「ほら行くよ、ヒイロ」

「男に見つめられても嬉しくねぇんだよ」

ニーアに服を引っ張られ、バーラットには軽く頭を叩かれながら、ヒイロ達は森へと走り出した。


集落アータの養蚕は、森の中にある自然に出来た地下洞窟《どうくつ》の中で行われている。

集落の魔族達はこの洞窟に手を加え、魔法でその中を一定温度に保つことで一年を通して絹を生産していた。

森の中を迅速《じんそく》に駆け抜けたヒイロ達は、突然開けた場所に出てその足を止める。

この場所は明らかに人の手が加えられていた。足元の草などは綺麗に刈《か》られ、休憩所や道具の保管所としての小屋が三棟程建てられている。そして、中心部には二メートル程の横穴が開いており、その周りには雨などが入り込まないように粗末《そまつ》な木造の小屋で囲われていた。

ヒイロ達が無造作に開け放たれていた扉から入り、ゆっくりと穴を覗き込むと、人工的に作られたであろう石造りの階段が穴の奥へと続いていた。

「この中ですか?」

暗く底の見えない穴を覗き込みヒイロが尋ねると、バーラットが頷く。すると、ヒイロが「では、早速」と言って階段に足を踏み入れようとしたので、バーラットが慌てて止めた。

「おいおい、いきなり踏み込もうとする奴がいるか」

咎《とが》められて、ヒイロは不満顔でバーラットの方に振り向く。

「しかし、既にレッグスさん達が降りてる筈でしょう。早くしないとセルティアさんが……」

「まぁ待て、こういう得体の知れない事件の調査は慎重に慎重を重ねて行動するもんなんだよ」

バーラットは気が焦《あせ》ってるヒイロを宥めながら、ニーアの方に視線を向ける。

「ニーア、すまんが洞窟の下の様子を確認出来るか」

「オッケー。そんなのヨユーヨユー」

暗闇でも問題なく見ることが出来るスキル【暗視】を持つニーアが安請《やすう》け合《あ》いをして穴の中を覗き込む。

「ん～……誰もいないみたい」

「そうですか……しかし暗いですねぇ」

「ああ、そうだな。作業員がいるなら明かりくらい点けてそうだが……全員どっかに連れ去られた、なんてことはないだろうな」

「なんですって！　それは大変っ……もごもが……」

慌て出して大声を上げたヒイロの口を、バーラットが勢いよく塞ぐ。

「たとえばの話だ！　まだそうだと決まった訳じゃねぇ。もしかすると、得体の知れない何かがどこかに潜んでるかもしれねえんだ、静かにしろ」

バーラットに注意され、ヒイロはモゴモゴ言いながら何度も頷く。それを見たバーラットは「たくっ」と言って手を離した。

「何やってんだか……さて、一応洞窟の奥の方も調《しら》べてみる？」

ヒイロとバーラットの馬鹿騒ぎを呆れながら見ていたニーアがそう提案すると、ヒイロは驚いた顔でニーアを見やる。

「ニーアはそんなことが出来るんですか？」

「あのねぇ、ヒイロはぼくを何だと思ってるんだい。ぼくは風属性の妖精だよ。得意な魔法は風魔法。風魔法の真骨頂《しんこっちょう》はスピードと探索能力なんだ。まぁ、見ててよ」

ニーアは自慢気にそう言うと、呪文を唱え始め、右手を穴に向かって差し向けた。

「インスペクトウィンド！」

ニーアの魔法の発動とともに、一陣《いちじん》の風が穴の中へと吹き込んでいく。

インスペクトウィンドは、魔力を帯《お》びた風を流し、その風が通った場所の情報を得ることが出来る魔法だ。ダンジョンなどで使えば、風の通る場所であれば、入口からダンジョンの構造を知ることも可能だった。

「んー……この階段の下は通路になってて、大体百メートルくらい伸びてるね。途中、枝道がいくつかあるけど、全部行き止まりになってて、物置やゴミ捨て場になってるみたい」

「うん？　養蚕の現場は無いのか？」

「通路の突き当たりがそうかもしれないけど、完全に密閉《みっぺい》されてるみたいで風が通らなかったよ」

バーラットの疑問にニーアは即座に答える。

「そうか、養蚕場はしっかりとした温度管理をしてるみたいだからな。出入口を密閉してもおかしくはないか……通気口くらいはあると思ったんだが、別のルートで空気を取っているのかもしれんな」

バーラットが憶測《おくそく》を述べていると、ニーアが思い出したように補足を口にする。

「そういえば、その突き当たりの手前で戦ってる人がいたよ。人型が三人。獣型の魔物らしいの五匹と戦ってた」

「そういうのは早く言え！」

「それはついでに言う情報ではないでしょう！」

呑気《のんき》に告げられたニーアの情報に、バーラットとヒイロから同時に非難の声が上がる。

「戦ってるのはレッグス達か？　魔物が何かは知らんが、この辺に出る魔物なら苦戦することはないだろう」

「んー……でも、そんな感じじゃなかったんだよね。人型は一人が倒れてて、もう一人がその傍に座って治療してる感じ？　そしてもう一人が二人を庇うように魔物と対峙してたかな」

「「……」」

ニーアによって語られた状況説明を聞き、ヒイロとバーラットは無言になって互いの顔を見合わせた。

「その状態は、絶体絶命《ぜったいぜつめい》と言いませんか？」

「ああ、そうだな……って、呑気に構えてる場合かー！」

バーラットはすぐさま階段を降り始める。

「ああっ、待ってください。こう暗くては階段を転げ落ちてしまいます――ライト！」

「ああっ！　待ってよ。ぼくを置いてかないでよ」

慌てて駆け付けようとするバーラットに、ライトで視界を確保したヒイロと、嫌な印象しか持っていなかった為に全くレッグス達を心配していないニーアが後に続いた。


「くそっ！　何だって俺らがこんな奴らに苦戦しなきゃいけないんだ」

バスタードソードを構え、眼前で自分達の隙を窺《うかが》う魔物達を牽制しながらレッグスは悪態をつく。

レッグス達と対峙していたのはハイドジャガー。体長一メートル半程の全身黒色の魔物で、ランクはD。本来ならAランクのレッグス達が苦戦するような魔物ではない。

しかし、このハイドジャガー達は今までレッグス達が遭遇したことのあるそれとは身体能力が根本的に違っていた。

ここで遭遇した時、レッグス達は『何だランクDか』と舐めてかかっていたのだが、ハイドジャガー達はその油断を見逃さなかった。

一匹が突然、魔道士リリィに飛びかかり、咄嗟にそれを庇った盗賊職のバリィの首に噛み付く。バリィは何とかそれを振り払ったが出血が止まらず、その場に倒れてしまった。

リリィがバリィの首の傷口を押さえながら必死にヒールを唱えているが、傷口は深いらしく、回復魔法としては回復力が一番低いヒールでは回復の兆候《ちょうこう》は全く見られていない。

（くっ！　ヒールで癒《いや》せない重傷か……ハイドジャガーごときの一撃が何でそんなに強力なんだ！）

先程から反応しきれない攻撃を何度か受けていても、レッグスはハイドジャガーが格下という意識を拭《ぬぐ》えずにいた。

（くそっくそっくそっ！　俺達はAランクだぞ！　なのに何でランクDごときの攻撃でこんなにダメージを受ける！）

完全に躱しきれず、かすった攻撃で確実にダメージが蓄積《ちくせき》していく現実を受け入れられず、レッグスは苛立ち続ける。

バリィが倒れた時に撤退していれば、まだ生き残る術《すべ》があったのだが、Aランクのプライドがランクを前にして撤退することを許さなかった。結果、レッグスはダメージが蓄積し、バリィは出血が酷く動かせる状態ではなくなり、既にこの場で防戦するしか選択肢がなくなっていた。

(何でこんなことに……)

「お前ら大丈夫か！」

疲労とダメージの蓄積により、レッグスのAランクのプライドと苛立ちが薄れ、代わりに絶望感が頭の中を染め始める。しかしその時、後方から聞き覚えのある声が聞こえたレッグスは絶望の中に光明《こうみょう》を見出《みいだ》す。

(あの声はバーラットさん！)

「……えっ？」

レッグスは喜び勇《いさ》んで後方を振り返り——そして眉をひそめた。

振り向いた彼が視界に捉えたのは、洞窟の奥から勇ましくこちらに向かってくるバーラットの姿と、自分達が死闘を繰り広げているこの場に似つかわしくない、普段着姿のおっさんだった。

(バーラットさん！　何であんな戦力にもならないおやじを連れてきたんだ！)

明らかに足手まといとしか思えないヒイロの姿を見て、レッグスが尊敬《そんけい》しているバーラットに憤りを覚えていると、リリィの悲痛な叫び声が耳に届く。

「レッグス！　前っ！」

「ぐっ、しまった！」

リリィの叫びで、魔物から目を離しすぎたことに気付いたレッグスが慌てて視線を戻すが、その時には既に、飛びかかってきたハイドジャガーが眼前に迫っていた。

「くそぉっ！」

間に合わないと分かっていながらも迎え撃とうと、バスタードソードを切り上げようとしたその時――凄まじいスピードで、影がレッグスの左手に現れ、それと同時にレッグスの眼前に迫っていたハイドジャガーの姿が一瞬で消えた。

「な……！　バーラットさ……ん？」

最初、何が起こったか分からず呆然としていたレッグスだったが、誰かが自分の隣に来て、ハイドジャガーを吹き飛ばしたのだと思い至る。そして、そんなことが出来るのはあの人だけだと、名前を呼びながら振り返ったが、その場にいた意外な人物の姿を確認して硬直してしまうのだった。

「ふぅ、なんとか間に合いました」

その人物であるヒイロは、かいてもいない額の汗を腕で拭う素振《そぶ》りを見せながら、レッグスの方に向き直る。

「大丈夫ですか？　えーと……レッグスさんでしたっけ？」

休日のおっさんのような恰好《かっこう》で呑気に問いかけてくるヒイロに、レッグスはどう答えていいか分からず言葉に詰まってしまう。

レッグスはヒイロのことを、強者であるバーラットに寄生《きせい》して安全を確保するザコだと思い込んでいた。そのヒイロが自分のピンチに瞬時に駆けつけ、自分が仕留められなかったハイドジャガーをあっさりと吹き飛ばしたのかと思うと、何が何だか分からなくなってしまっていた。

「ヒイロ、レッグス、敵はまだいるんだぞ！　油断するな」

ヒイロがすっかり棒立《ぼうだ》ちになってしまったレッグスの様子に小首を傾げていると、ヒイロの隣に到着したバーラットが、呆《ほう》けている二人に指示を飛ばす。

「っ！　バーラットさん。こいつらランクDのくせに異様に強いです」

バーラットに促され我を取り戻したレッグスが、すぐさま構え直してバーラットに注意を呼びかける。

「ふむ、ハイドジャガーか……こいつら相手にお前らが苦戦するなど、確かに異様だな」

レッグスの注意勧告にバーラットも警戒水準《すいじゅん》を引き上げ、愛槍《あいそう》を油断なく構えた。

「でも、先程私が吹き飛ばした魔物はもう戦えないでしょう。あの感触《かんしょく》では、下顎《したあご》が砕けてる筈……」

顎が砕ける嫌な感触を思い出しながら、ヒイロは先程吹き飛ばしたハイドジャガーに目をやる。しかしそのハイドジャガーは砕けた下顎をプラプラさせながらゆっくりと立ち上がり、ヒイロ達に対して再び攻撃態勢を取っていた。

「あれでも戦意を失わないのですか？」

「……こいつら本当に何なんだ！」

唖然とするヒイロの言葉に、レッグスが苛立ちを隠さずに吐き捨てるように叫ぶ。

「ハイドジャガーがあれで逃げないとなると、とても正気《しょうき》とは思えないな。まさか、誰かが操《あやつ》ってる？　……ヒイロ、ここは俺達で抑えておくから、お前はまずあいつを見てやってくれ」

唯一冷静さを失わないバーラットに、バリィを治療するよう指示を出されたヒイロは、困惑しながらバーラットの方に視線を送る。

「見てくれと言われても、私は医療《いりょう》の知識なんて持ち合わせていませんよ」

「そんな知識はいらねぇよ。お前がいつも自分のすり傷を治す魔法をかけてやればいいんだ」

「ああ、あれでいいのですか。分かりました、任せてください」

バーラットに促されヒイロがバリィの下《もと》に向かうと、レッグスはハイドジャガーを警戒しながらバーラットに近付き、小声で話しかける。

「バーラットさん、すり傷を治す魔法ってバリィはそんな軽傷じゃありませんよ！　リリィのヒールでもほとんど効果が無いみたいなんですから」

「いいから、後はヒイロに任せてこいつらに集中しろ」

「任せるったって……」

「パーフェクトヒール！」

「はぁっ⁉」

後方から聞こえてきた回復系最高峰の魔法の名に、レッグスは思わず背後を振り返る。

「おい！　よそ見をするな」

「いや……だって、いまパーフェクトヒールって……」

バーラットに怒られすぐに視線を戻しながらも、レッグスはありえないとでも言いたげにバーラットに食い下がる。

「ふん、どうせお前はヒイロを役立たず程度にしか思ってなかったんだろうが、ヒイロは役立たずなんかじゃねえよ。パーフェクトヒールを使え、素手でゴールデンベアを吹っ飛ばしたそうだからな。まぁ、技術面はまだまだ素人だがな」

「……」

まるで自分のことのようにヒイロの凄さを語るバーラットを見て、レッグスは奥歯を噛み締め無言になる。

その様子を横目に見て、バーラットは『これで少しは謙虚《けんきょ》になってくれればいいのだが』と思いながら、飛びかかってきたハイドジャガーに槍を突き立てた。

リリィとバリィの下《もと》に駆けつけたヒイロが見たのは、血を流し過ぎて顔色が真っ白になってしまったバリィだった。その傍では、リリィが自身が血に染まるのもお構い無しに、必死に首の傷口を押さえながらヒールを唱えていた。

その壮絶《そうぜつ》な光景に、ヒイロは思わず息を呑み二の足を踏む。

(これは……本当に助けられるのでしょうか……)

パーフェクトヒールは、欠損部《けっそんぶ》くらいの再生は勿論、体力の回復、失われた血液の複製補充すら可能な魔法である。しかし、すり傷を治す事程度にしか使ってなかったヒイロは、その性能に気付いておらず、これ程の重傷者を治せるのかと不安になってしまう。

自分の力が及ばなければこの人は死んでしまう。壮絶な光景もさることながら、人の死が自分の肩にのしかかっていると思うと、ヒイロはその責任の重さに恐怖で足が竦んでしまった。

そんな躊躇《ちゅうちょ》するヒイロに気付き、リリィは顔を上げる。

「……助けてください……兄なんです」

消え入りそうな悲痛な声で懇願されたヒイロは、両手で思いっきり自分の両頬を叩き無理矢理気合いを入れると、悲壮《ひそう》な面持ちながら力強く頷いた。

「分かりました。出来る限りのことはやってみましょう。パーフェクトヒール!」

ヒイロが渾身の力を込めてパーフェクトヒールを発動すると、リリィは「えっ!?」と、信じられないと言わんばかりに目を見開く。しかし、バリィの身体が光を浴び、傷口が瞬《また》く間に塞がり顔に赤みが差してくるとホッとした表情になり、ヒイロに向かって深々と頭を下げた。

「ありがとうございます。おかげで兄は助かりそうです」

「いえいえ、大したことはしてませんから」

「そんな、パーフェクトヒールが大したことじゃないなんてご謙遜を」

若い女性に丁寧にお礼を言われ、魔法が効いたことにホッとしながらも照れているヒイロに、呆れ顔のニーアが近付いてくる。

「……向こうでバーラットが必死に戦ってるのに、なに和《なご》んでるんだよヒイロ」

「あっ、ニーア。どうしたんです？」

「どうしたじゃないよ。向こうでバーラットが呼んでるよ」

「そうでしたか。では、すぐに行きましょう」

リリィに笑顔で挨拶をして、ヒイロは颯爽《さっそう》とバーラットの下へ向かった。

「おう、ヒイロ戻ったか。で、どうだった？　治せたか」

ヒイロはバーラットがニヤケながら状況を聞いてきたことで全てを悟り、顔をしかめて、ため息をついた。

「ええ、それは大丈夫でしたけど……なるほど、あれ程の重傷者であることを黙っていたのはわざとでしたか」

「はっはっ、いい勉強になったろ」

しかめっ面《つら》で静かに呟くヒイロを見て、バーラットはしてやったりと笑う。

「そうですね……この世界ではちょっとしたミスで、一流の冒険者でもああなるのですね。考え無しに軽率《けいそつ》な行動をすると最悪の結末を迎えることになりかねないと、嫌になる程思い知りました」

「ん？　……まぁ、そう……だな」

神妙な顔で語るヒイロだったが、バーラットの歯切れの悪い返事を聞いて首を傾げる。

「んん？　……洞窟に入る時に、早くセルティアさんを助けたいと焦って無駄に騒いだことを戒《いまし》める為に、今回のことを企んだんじゃないんですか？」

「うん……まぁ、それも大事なことだな。大事な局面では慎重かつ冷静に行動せねばならん。だが、今回俺が伝えたかったのはパーフェクトヒールのことだったんだがな」

「パーフェクトヒールですか？」

「そうだ。どうだった、パーフェクトヒールの威力は」

バーラットに聞かれ、ヒイロはバリィにパーフェクトヒールを使った時のことを思い浮かべる。

「……瀕死《ひんし》の怪我を瞬時に回復させました」

「だろ。パーフェクトヒールは回復系魔法の最高位に位置する、死にさえしなければ大概は回復させてしまうとんでもねぇ魔法だ。決して擦《かす》り傷なんかを治す為に気軽に使っていい魔法ではないんだよ」

「気軽に使うと何か不都合でも？」

「大アリだ。まず、パーフェクトヒールの使い手自体、俺の知る限りでもこの国に十人もいないんだ。しかも、そのうちの半数以上は教会に所属しているときてる。そして、無詠唱となると――ありえねぇんだよ」

「ありえない？」

「そうだ、パーフェクトヒールなんて大魔法、無詠唱で使うなんて、まずありえない」

バーラットが深刻《しんこく》な顔でヒイロにそう伝えると、ヒイロはハッとなって手で顔を覆う。

「……理解しました。つまり、無闇矢鱈に私が無詠唱のパーフェクトヒールを使えば、悪《わる》目立《めだ》ちをする訳ですね」

「そうだ。そして、それは力を欲する権力者や教会の連中を引き寄せる結果になりかねない」

バーラットが挙げた教会という単語に、ヒイロは引っかかりを覚える。教会とは、その言葉の響きからただの宗教団体だとヒイロは思っていたが、どうもその口振りからすると、バーラットが教会を毛嫌《けぎら》いしてるように聞こえたからだ。

「教会とはどのような組織なのですか？」

「それは……」

「バーラット！　来てるよ」

バーラットの言葉を遮るように、ヒイロと一緒に戻って来ていたニーアが、レッグスの牽制をすり抜け飛びかかってきたハイドジャガーに気付いて警告の声を上げる。

「分かってるよ」

ニーアの警告に面倒臭そうに答えて、バーラットは飛びかかってきたハイドジャガーを無造作に薙《な》ぎ払《はら》う。

「ちっ、こいつら本当に元気だな」

たった今、腹部を裂かれ地面に叩きつけられたハイドジャガーがすぐさま立ち上がったのを見て、バーラットは顔をしかめて呟いた。

実のところ、元気の一言で片付けられる現象ではないのだが、数多くの戦いを経験してきたバーラットにしてみれば、珍しくはあるものの初めての体験ではなかったので、驚愕には値《あたい》しなかった。

だが、バーラットとは違い戦闘経験がほとんどないヒイロは、致命傷《ちめいしょう》を受けながらもすぐさま立ち上がったハイドジャガーを見て、目を大きく見開く。

「何ですかあれは？　私が顎を砕いたのもそうですが、痛覚《つうかく》があるようには見えません」

「ホントそうだよね。ぼくのウィンドーニードルを受けても全然怯まないんだもん」

ニーアの使うウィンドーニードルは、空気で作った不可視《ふかし》の細かい針を風に載せて無数に相手に飛ばす魔法だ。殺傷《さっしょう》能力はほぼ皆無だが回避が難しく、相手を怯ますには効果的だった。

だが、ここにいるハイドジャガー達は、ウィンドーニードルを受けても平然と突進してきており、ニーアは数少ない攻撃魔法を無効化されて口を尖《とが》らせていた。

「まぁ、痛覚があるかどうかは分からんが、あったとしても無理矢理動かされてんだろうな……っと、そうだった。その件でヒイロを呼んだんだった」

「どういう意味です？」

「実は、あのハイドジャガーどもの首筋に、なんか変な物がくっついていてな。ヒイロにそいつを引っぺがしてもらいたいんだ」

バーラットにそう言われ、ヒイロはハイドジャガーの方に目を向ける。

そこには既に、五体満足なハイドジャガーは存在していなかった。

頭部を粉砕《ふんさい》された一匹と、首を切断された二匹は地に横たわり、動く気配がない。残りの二匹も、左前足を切断されたものと、腹部を裂かれたもので、ほぼ瀕死や戦闘不能だと思われる姿になっている。

「……一応聞きますけど、なんか変な物ってなんです？」

「それが分かったら、そんな回りくどいことを頼まねぇよ」

「死んでるのから取ればいいじゃないですか」

「それじゃ意味が無いんだよ。生きてる奴からそれを引っぺがしたらどうなるか知りたいんだ」

「……つまり、生きてる魔物の首筋に付いている得体の知れない物を素手で取ってくれと？」

「そうだ」

笑顔で肯定するバーラットに、ヒイロは心底嫌そうな顔をする。

「嫌ですよ、そんなの。何で得体の知れないものを私が素手で掴まないといけないんですか！」

「あいつら、あんな状態になっても異様に動きがよくてな、ヒイロ並みのスピードがないと、回り込んで首筋に触れるなんて出来ないんだよ。頼むよ、どうしても確認しときたいんだ」

バーラットにそう頼まれ、ヒイロは渋々了承する。

「分かりましたよ。思いっきり引っ張ればいいんですね」

「ああ、頼んだぞ。おいレッグス！」

バーラットはヒイロが了承したことで、残りの二匹を牽制していたレッグスに呼びかける。

「これからヒイロが、その訳の分からん物を引っぺがすから、俺達はフォローに回るぞ」

　バーラットの呼びかけに、レッグスは複雑な表情を浮かべて頷く。

　実はヒイロが来る前に、バーラットとレッグスで同じ作戦を敢行《かんこう》しようとしたのだが、背後に回り込むことが出来ず失敗に終わっていた。その作戦を、今度は自分が弱いと思っていたヒイロが行うと言われ、素直にヒイロを認められないレッグスは、複雑な心境を隠さずにいた。

「じゃ、頼むぞヒイロ」

「了解です。では、念の為に20パーセントで……」

　バーラットに後押しされ、【超越者】を20パーセントに引き上げたヒイロは、次の瞬間には腹部を裂かれたハイドジャガーの背後に回り込んでいた。

「なっ！」

「おいおい、フォローの必要がないじゃないか」

　ヒイロの動きが、影が通り過ぎたようにしか見えなかったレッグスは絶句する。辛うじてその動きを捉えていたバーラットも、ハンティングウルフの時とは比べ物にならない動きを見せたヒイロに、呆れたように呟く。

（これですか……って、これは……）

　ハイドジャガーの首筋に張り付く全体的に丸みを帯びた平《ひら》べったい十字形のモノを見て、

ヒイロは一瞬躊躇《ちゅうちょ》する。

ソレは、ピンクというか薄い血の色をしており、大きさは十センチ程。それがハイドジャガーの首筋に張り付き、脈打《みゃくう》っているようにヒイロには見えた。

（う～ん……肉で出来たアメーバ？　……なんとなく金色のピコピコハンマーで潰したくなる形状ですねぇ……）

馬鹿なことを考えながら、ヒイロはソレをむんずと掴む。そして――

グシャ！

「あっ！」

ヒイロはアッサリとソレを握り潰してしまった。

ヒイロにソレを握り潰されたハイドジャガーは、その場に力無く崩れ落ちる。

「う～ん……20パーセントでは、掴むのは難しいですねぇ……」

「あ～あ、潰しちまったか」

何か分からないモノの液体で汚《よご》れてしまった右手を見ながら、この汚れをどうしようかとヒイロが考えてると、バーラットが呆れ顔で近寄ってくる。

「これ、思ったよりも脆《もろ》いですよ」

「何言ってんだよ、ヒイロの力が強過ぎるんじゃねえか。まぁ、引っぺがすのも潰すのも大して変わらないがな」

そう言いながらバーラットは、たった今倒れたハイドジャガーに目を向ける。

「やっぱりそいつを取ると死んじまうか……」

ハイドジャガーに息が無いことを確認し、バーラットは眉間に皺を寄せた。

「やっぱりアレが、異常な生命力の正体だったんですか？」

「ああ、おそらくな。身体能力を無理矢理強化し、意のままに操る。生き物なのか魔道具なのか知らんが、胸糞《むなくそ》の悪くなる物だぜ」

薄々そうではないかと思っていたヒイロがバーラットに尋ねると、バーラットは眉間に皺を寄せたまま、肯定する。

「意のままに操る、ですか。しかしそうだとすれば、これを取られたから死ぬと判断するのは、まだ軽率じゃないですか？」

「と、言うと？」

「このハイドジャガーは元々致命傷を受けてたじゃないですか。もし、アレが死体も意のままに操れるとしたら……アレを潰した時点で死体に戻っただけじゃないですか？」

「ふむ……一理あるな。よし！　じゃあ、まだ致命傷を受けてない最後の一匹で確かめてみるか。ヒイロ、あいつを押さえつけてくれ」

レッグスが牽制している最後の一匹を笑顔で指差しながら簡単に頼んでくるバーラットに対し、ヒイロは肩を落としながら嘆息する。

「分かりましたよ……【超越者】10パーセント」

「今度は潰すなよ？」

「分かってますよ」

バーラットに答えながらヒイロは渋々歩き出し、レッグスの脇を通り過ぎる。

「ほいっ！」

レッグスが必死に押しとどめていた片足を失ったハイドジャガーは、無造作に歩いて来たヒイロの気の抜ける掛け声とともに、いとも簡単に押さえ込まれた。

頭と尻尾の付け根辺りを上から押さえつけられたハイドジャガーは、地面に押し付けられながらも必死に逃れようともがくが、ヒイロの尋常ではない力がその全てを無駄なものにしていた。

「おう、今度は潰さずに捕まえたな」

「うん、上出来だね」

ヒイロの様子を苦虫を噛み潰したような表情で見ていたレッグスの脇から、バーラットとニーアもやってくる。

「今度は力を落としましたからね。流石に何度も同じ過《あやま》ちは犯しませんよ」

苦笑しながら、ヒイロは二人に言葉を返す。

（しかし、繊細《せんさい》な作業は10パーセントが限界ですね……5パーセント以上だと力に振り回されてるような感じがしますし、この恐ろしい力に慣れる日は来るのでしょうか？）

ヒイロが【超越者】の力に不安を感じている間に、バーラット達はハイドジャガーを囲んで座り、まじまじとソレを間近《まぢか》に観察する。

「しかし、本当にコレは何なんだろうな？」

「う〜ん、ぼくも聞いたことがないなぁ。ヒイロは見たことある？」

「ニーア達が分からない物を、私が分かる訳ないじゃないですか」

ヒイロがハイドジャガーを押さえながら、その毛で右手の汚れをさり気《げ》なく拭《ふ》いていると、バーラットが憎々《にくにく》しげにヒイロを睨んでいたレッグスに声をかける。

「おい、レッグス。お前達の中で魔法生物や魔道具について詳しい奴はいるか？」

「えっ！　……あっ、はい。それならリリィが……」

「そうか、おい、ねぇちゃん！」

バーラットの失礼な呼びかけに、未だ目を覚まさないバリィの傍にいたリリィがバーラットの方に顔を向けた。

「すまねぇが、ちょっと見てもらいたいものがあるから、こっちに来てくれるか」

「はい。分かりました」

酒場の親父が女の子に絡んでるような台詞でリリィを近くまで呼ぶと、バーラットはヒイロが押さえているハイドジャガーの首筋を指差す。

「これなんだが……」

「これは……なんでしょうか？」

バーラットに言われて見てはみたものの、リリィは小首を傾げる。

「分からんか？　多分、生き物を操る為に人工的に作られた、魔法生物か魔道具の類《たぐい》だと思うんだが……」

「魔法生物か魔道具ですか……ちょっと待ってください」

断りを入れてリリィは目を凝らしてソレを見た。

「……確かに魔力の流れが自然の物とはちょっと違うようですね。これは……生物？　いえ、植物でしょうか……誰かが一から作ったというより、元々存在した植物に手を加えたのかもしれません」

「元々存在した植物？　……あっ！」

リリィに植物と言われ、バーラットは何か思い当たる節《ふし》があったのか、小さく声を上げる。

「何？　バーラット、なんか心当たりでもあったの？」

「ああ、俺が生まれる前の話だから詳しくは知らないんだが、五十年くらい前に、ゾンビプラントって植物の魔物によって町が滅んだって話があったのを思い出した」

「ゾンビプラント？　聞いたことないけど」

【植物鑑定】を持ち、植物のことには詳しいと自負《じふ》していたニーアが、疑いの眼差しをバーラットに向ける。

「知らないのも無理はない。その事件をキッカケに、ゾンビプラントはランクSの危険指定植物に認定されて、見つけ次第すぐに処分するように大陸全土で各国から通達が出たらしいからな。今は絶滅《ぜつめつ》したことになってる」

「……絶滅したのならこれは？」

「かなり特殊《とくしゅ》な性質を持った魔物だったらしいからな。何処かの国が研究用に隠し持ってたとしても不思議ではない」

ヒイロの質問に、バーラットは苦々しく顔を歪める。

「ふむ……それが、偶然か意図的にか外に出たということですか……そもそも、ゾンビプラントとはどのような植物なんですか？　危険視されてから随分と短期間で絶滅したようですけど」

「ゾンビプラントは正確にはキノコ類でな、死体に自分の分身を付着させ、その死体を動かすことで遠くに移動して繁殖《はんしょく》する。その際、操られた死体は近くにある死体を本体の下《もと》に運び、繁殖数を増やす習性があったらしい」

バーラットは一度首を振ると、言葉を続ける。

「まあ本体はただのキノコだからな。燃やせば簡単に倒せるのと、危険指定された時の懸《けん》賞金《しょうきん》がよかったことも手伝って、あっという間に絶滅したという話だが……危険指定された原因となった町を全滅させた奴は突然変異だったらしく、操られた死体が町の人達を襲って死体を量産したそうだ。結果、町が丸々ゾンビの町に……」

「ちょっと待ってください。死体を操るって……この魔物はまだ生きてるみたいですけど？」

「そこなんだよ。もしかして何処かの国がゾンビプラントを元に、生きている者も操る、新種のゾンビプラントを作ったんじゃないかと思ってな」

「誰かが手を加えているのなら……それがここにあるというのは偶然とか、たまたまではないですよね」

ヒイロは実験という言葉を頭の中に浮かべ、苦々しく顔を歪める。

「まぁ、コレがゾンビプラントと決まったわけではないから、憶測の域を出ないけどな……とりあえず今は、こいつを取ってハイドジャガーがどうなるか見てみようぜ」

そう言ってバーラットがソレを掴み、ベリっと剥《は》がすと、リリィが口に手を当てて「あっ！」と声を上げた。

「どうしたねぇちゃん」

ソレを掴んだまま、バーラットがリリィに視線を向けて尋ねると、リリィは真剣な表情でハイドジャガーを見たまま口を開く。

「今、バーラットさんがソレを掴んだ時に、ソレからハイドジャガーの頭の方に向かって魔力が流れて行きました」

「それはどういうことだ？」

「分かりません。ですが、剥がされる前に何らかの命令をハイドジャガーに送ったものと……」

「バーラット……」

リリィの憶測を遮って、ハイドジャガーを押さえていたヒイロがバーラットを呼ぶ。

「どうしたヒイロ？」

「なんか、ハイドジャガーの様子がおかしいです」

「何？　どういう……」

バーラットがハイドジャガーに視線を移すと、ハイドジャガーがヒイロに押さえ付けられながら、とんでもない暴れっぷりを見せているのが目に入った。

「先程より、暴れる力が明らかに上がっています」

「ちぃっ！」

正気を失った目つきで口から泡《あわ》を吹きながら暴れるハイドジャガーを見て、バーラットは槍を一閃《いっせん》し、その首を刎《は》ねる。首を刎《は》ねられたハイドジャガーは、それでも少しの間暴れていたが、しばらくすると動かなくなった。

「何だったんですかね……」

やっと動かなくなったハイドジャガーを呆然と見やりヒイロが呟くと、バーラットは苛立ちながら地面を蹴る。

「くそっ！　暴走状態だ。無理矢理外すと、本体は理性を失って暴れる仕様になってやがる」

バーラットは怒りをぶつけるように持っていたソレを地面に叩きつけ、足で踏み潰す。

その様子を見て一同が無言になると、その中でリリィが思い出したようにバリィの方に目を向け、声を上げた。

「兄さん……やっぱりまだ意識が戻ってない」

リリィの焦燥のこもった言葉に、皆も少し離れた所に横たわるバリィへと視線を向ける。

「おい、ヒイロ。本当に傷は治っているんだよな」

バリィの下《もと》に駆け寄りながら、横たわったままピクリともしてないバリィを見てバーラットがヒイロに確認を取ると、ヒイロは困ったような表情を浮かべる。

「パーフェクトヒールは確かにかけましたけど、術後の経過までは私には判断出来ませんよ」

「う〜む……」

心配そうにしているリリィとレッグスが見守る中、バリィの傍まで来たバーラットは膝をつき、首に指を当てたり口元に手の平をかざしたりした後、静かに立ち上がる。

「確かに息はある……おそらく気を失ってるだけだと思うんだが……」

「でも、いくら肩を揺さぶっても起きないいんです」

リリィの心配する言葉に一同が首を捻る中、ヒイロが何か思いついたように目を見開いた後、「いえ、あの方法はいくらなんでも……」と断念《だんねん》するように呟く。

「どうしたヒイロ」

「いえ、私の国の伝統的な気付け方法を思い出したのですが、医学的根拠が全く無い方法なものですから……」

「そんなもん無くてもいい。可能性があるのならやってみろ」

「しかし……」

「いいからやれ！　ダメだったらまた違う方法を考えればいいんだ」

「そうですか？　それでは……」

バーラットに促され、ヒイロは渋々といった様子でおもむろに革靴《かわぐつ》を脱ぎ出す。

そして、何をするのかと皆が期待を込めて見つめる中、ヒイロは革靴の履《は》き口《ぐち》がバリィの鼻と口に来るように押し当てた。

安物で全く通気性のないヒイロの合成皮の革靴の威力は強力だったようで、皆がヒイロの行った行為に唖然とする中、少しするとバリィは体をビクンッと震わせた。そして、その震えが徐々に大きくなっていき、次の瞬間、バリィは勢いよく上半身を起こした。

「はぁ、はぁ、はぁ……俺は……生きてるのか……」

「兄さん！」

息も絶《た》え絶《だ》えで呟くバリィに、リリィが勢いよく抱きつく。

「俺は……どうなってたんだ……なんか、腐った卵の池に顔を突っ込んでるような気がしたんだが……」

「バリィ……それは忘れろ」

ヒイロの行為を目の当たりにしていたレッグスが、首を左右に振りながら優しくバリィの肩に手を置いた。

「……本当に効果があるのですね……」

レッグスパーティ一同が微妙《びみょう》な空気感で喜ぶ中、バリィが上半身を起こした時に大きく後ろに飛び退いていたヒイロが、まじまじと自分の革靴を見つめていた。

実は、大量出血で低酸素症になり昏睡《こんすい》していたバリィの目覚《めざ》めるタイミングがたまたま合っただけなのだが、そんなことを知らない一行は、ヒイロの靴の威力にただただ驚く。

そんな中、バーラットはおもむろにヒイロに近付き、その耳元で小さく囁《ささや》いた。

「ヒイロ。もし俺が気絶しても、その方法だけは使わんでくれ」

バーラットの懇願するような呟きに、ヒイロは眉をひそめて通路の先を見据える。

「考えておきましょう、それよりも――」

「おい！　本当にやめてくれよ！」

「憂《うれ》いは断《た》ちました。早くあの先に向かいましょう」

やらないと断言しなかったヒイロに確実な言質《げんち》を取ろうとしたバーラットだったが、焦燥に駆られた表情で先を見据えるヒイロを見て、ため息をつく。

「分かった。だが、もう少し待ってくれ、一つ解決しておきたいことがある」

「……分かりました。でも、あんまり時間をかけないでくださいね」

気が逸《はや》っているヒイロを見て、これも解決しておきてぇなぁと思いつつ、バーラットは再び嘆息した。

「さて……」

バリィも目を覚まし、レッグスパーティ三人とヒイロ達三人、計六人となったところで、ヒイロは通路の突き当たりに目を向ける。

そこには、虹色に輝く光の膜《まく》のようなものが通路を塞ぐように揺らめいていた。

「魔法障壁《しょうへき》でしょうか」

一目で魔法で作られたものだと分かるそれを見て、結界のようなものを思い浮かべたヒイロが口を開くと、その隣にリリィが並ぶ。

「障壁と言う程大仰《おおぎょう》なものではないと思います。おそらくは空気を遮断《しゃだん》する為の膜のような、防御力の無いものだと思われますわ、ヒイロ様」

魔法の知識に明るい彼女がヒイロの疑問にそつなく答えるが、様付けで呼ばれたヒイロは目を見開いてリリィを見た。

「ヒイロ……様……？」

ワナワナと身体を震わせてそう呟くヒイロに、リリィは柔らかい笑みを浮かべる。

「……その呼び方はやめてもらえないでしょうか」

「えっ！　では何とお呼びすれば？」

様付けで呼ばれたことで背中にむず痒《がゆ》さを感じたヒイロの懇願に、リリィは困った表情を浮かべる。

「ヒイロでもおじさんでも結構ですから、その呼び方はちょっと……」

「分かりました。では、おじ様と呼ばさせてもらいます」

「それもやめてください！　というか、そんな大した人間ではないので、敬称《けいしょう》はやめて欲しいのですが……」

「ですが、兄を救ってもらった上に、パーフェクトヒールを無詠唱で使える程の大魔導師様に軽々しい呼び方をするなど……」

「大……魔導師？」

自分に対するリリィの過大《かだい》評価っぷりに、ヒイロは硬直する。

なお、一般的に魔法を使う者を魔道士、名声を得ていたり弟子《でし》をとったりした者のことを魔導師と呼ぶのだが、リリィはヒイロのことを後者だと勘違いしたようだった。

そんな固まってしまったヒイロの両肩に、バーラットとバリィがそれぞれ手を置き、頭の上にはニーアが降り立った。

「だから言っただろ。パーフェクトヒールは安易に使うとえらいことになるって」

「ヒイロさん。妹は頑固《がんこ》ですから、尊敬に値する恩人を呼び捨てになんか絶対しませんよ。だから、好きに呼ばせてやってください」

「確かにヒイロに『様』なんて似合わないけど、害は無いんだし好きにさせたら？」

三人に慰《なぐさ》めではなく、とどめとも取れる言葉をかけられ、ヒイロはその場で自分の軽率な行動を悔《く》いながらがっくりと項垂《うなだ》れる。先程の会話を聞いていないリリィは、何故ヒイロが突然落胆したのか分からず、心配そうに駆け寄ってくる。しかし、そもそもの原因が彼女にあると知っているニーアとバリィは、その様子を見て意地の悪い笑みを浮かべるのだった。

自分のパーティメンバーと親しげに接するヒイロを、レッグスは少し離れた所から複雑な心境で眺めていた。

そんなレッグスにバーラットが近付いてくる。

「レッグス。まだヒイロを認められないのか?」

バーラットの問いかけに、レッグスは渋い表情を浮かべながらも、静かに首を左右に振った。

「俺だって馬鹿じゃないですから……あの人が凄いっていうのは、嫌っていう程見せつけられて理解してますよ。はっきり言って、俺が認めるなんて思うことがおこがましい程の実力者です。最初に、見た目の印象だけであの人の実力を見誤《みあやま》り、バーラットさんのパーティには相応《ふさわ》しくないと勝手に思い込んでいたのは、完全に俺の落ち度ですよ」

「それが分かっているなら、お前もあの輪《わ》の中に入ってくればいいだろ」

「いや、それは……だって俺は、今まで随分と失礼なことをしてきたんですよ。それを、今更馴《な》れ馴れしく接するなんて恥知らずな真似は……」

今までヒイロに対して行ってきた行動を悔いて下を向くレッグスに、バーラットは大きくため息をつく。

「ヒイロは別にそんなことを気にするような、肝《きも》っ玉《たま》の小さい奴じゃねえよ。最初にお前にシカトされた時に、若いと言って笑ってたくらいだ。お前の今までの態度に腹なんか立てちゃあいねえよ」

バーラットは諭《さと》すように語ったつもりだったが、ヒイロに歯牙《しが》にも掛けられていなかったと思ったレッグスは、奥歯を噛み締めながら悔しそうにバーラットに顔を向ける。その顔を見て、バーラットは渋い顔で首を左右に振った。

「Aランクの冒険者が情けねぇ顔をするな。ちょっと頭を下げるぐらい、戦闘と比べれば楽なもんだろ。ヒイロに対してお前に後ろめたさを持たれると、パーティ間の連携がギクシャクすんだよ」

「ぐっ……ですが……」

煮《に》えきらないレッグスの態度に、バーラットは呆れつつも荒《あら》らげていた声のトーンを下げる。

「お前だって、あの膜の向こうに何が待ち受けているか分かってるだろ」

「それは……」

「ヒイロはな、少しアンバランスな奴なんだよ。あれだけの強さを持っているのに、精神的には少し脆《もろ》い。知り合いがちょっと行方不明になっただけで、とんでもなく取り乱しちまってたからな。はっきり言って、あの膜の向こうでの戦闘にヒイロは向かねぇ。もし、あの膜の奥で知り合いの嬢ちゃんを見ちまったら、どんな反応をするか……」

窮地《きゅうち》の対応に慣れていないヒイロを、どれだけ平和な所で暮らしてきたのかと、苦笑いを浮かべながらバーラットは語る。彼の言葉を聞いて、レッグスは真顔で力強く頷いた。

「あの人にそんな弱点が……分かりました。バーラットさんは、ヒイロさんが戦力にならなくなった場合でも対応出来るように、俺の力も必要だというんですね」

「そういうことだ。そして、その為にはパーティ間のしこりは取り除《のぞ》いておきたい」

「そういうことならば、俺は恥を忍《しの》んでヒイロさんに頭を下げましょう」

ヒイロに謝る理由が出来て笑顔でそう答えるレッグスに、現金な奴だと、バーラットは再び苦笑いを浮かべながら頭を掻いた。


「ヒイロさん！　今まで失礼な態度を取って申し訳ありませんでした」

レッグスに突然謝られ、ヒイロは目を丸くして驚いたが、その顔はすぐさま笑みに変わる。

「ふふっ、レッグスさん。随分と素直に頭を下げましたねぇ、誰かさんのお節介《せっかい》ですか？」

「ははっ、お見通しですか」

「おい、レッグス。あんだけ失礼な態度を取っておいて、それで終わりか？」

「兄さんの言う通りです！　ここは地面に頭を擦り付けるくらいはしていただかないと……」

「喧《やかま》しい！　大体お前らだって、俺のヒイロさんに対する態度に異論を言ってこなかっただろ！　今更、俺だけ悪者扱いするんじゃねぇよ！」

爽《さわ》やかに頭を下げただけで済まそうとするレッグスに、バリィとリリィが背後から詰め寄る。そんな様子を、ヒイロは眩《まぶ》しいものでも見るかのような表情で見つめていた。

「いやー、青春ですねぇ」

揉《も》めるというか、戯《たわむ》れているレッグスパーティ一同を見ながら、ヒイロは背後にいたバーラットに笑顔で話しかける。

「青春……ねぇ……こんな穴ぐらの中で、下手すりゃこれから死ぬかもしれない時にか？　俺には緊張感が無いって風に見えるがな」

「だからこそ、じゃないですか？」

「はっ、死と背中合わせの青春ねぇ……心当たりがあり過ぎて笑えねぇよ。ところで――」

バーラットはそこまで言って顔を引き締める。

「分かっていると思うが、あの向こうには……」

「やっぱり、行方不明になってる魔族の方達がいますか」

バーラットにつられ、ヒイロも真顔になってバーラットの言葉の続きを綴《つづ》る。

「まぁ、状況から見て、十中八九《じゅっちゅうはっく》そうなってるだろうな。だが、落胆はするな。分身は地に根付くまではあくまで分身だ。本体を倒せれば、なんとかなるかもしれない」

「……本体を倒した途端《とたん》に、全員暴走……なんてことは無いですよね」

「それは……なんとも言えん。だが、他に手が無い以上それに賭けるしかねぇんだよ」

バーラットの言葉を聞き、ヒイロは鳴りを潜めていた胸の奥を締め付けられるような感覚が戻ってきたのを感じながら、虹色に輝く膜をジッと見つめた。

第9話　姿なき助勢者達

虹色の膜は空気を遮断するだけの魔法で、ヒイロ達はリリィの言葉通りすんなりと通り抜けられた。

「ん～……なんか蒸し暑い」

膜の内側に入るなり、ニーアが顔をしかめて不平を垂《た》れる。

中は広い楕円《だえん》のドーム状の空間になっており、天井が仄《ほの》かに輝いていて、辺りを薄暗く照らしていた。また、妖精蛾の幼虫が過ごしやすいように、温度と湿度が少し高めになっている。

「確かに暑い。それに、この棚が邪魔だな」

縁《ふち》の浅い箱が三段置かれた棚が整然と並べられていて、戦闘を想定したバーラットは、背丈《せたけ》より若干低い棚を渋い顔で見つめる。

棚は入口から見て五列並べられており、それぞれの列が一メートル程離して設置されていた。つまり、壁際と棚との隙間《すきま》を含めて一メートル幅《はば》の通路が六本、奥に続いている構造になっている。

一メートル幅の通路は武器を振り回すには狭く、魔族の人達を無視して本体を狙う作戦にも適さない地形を作り出していた。

「この棚、邪魔っすね。崩しても足場が悪くなりそうですし……」

バリィの言葉に全員が無言で同意する中、唯一足場を気にする必要の無いニーアが口を開く。

「う～ん、こんな蒸し暑くて居心地《いごこち》の悪い所、サッサと用件を済ませて出ようよ。ぼくが奥の様子を探るからさぁ」

一方的にそう捲し立てたニーアは呪文を唱え始め、探査の風をドームの奥へと放つと、風から得た情報をつぶさに伝え始めた。

「うーん……ここの地形はおっきな楕円形だね。棚があるのは手前の方だけで、奥の方は障害物は無いよ……あっ！」

「どうした？」

突然大声を上げたニーアに、バーラットが鋭く尋ねる。

「一番奥に風で探れないなんかがある！　それに、その周りにいっぱい人型が集まってるよ」

「攻めずに守りを固めているのか？　……植物が考えることじゃねぇな……それに、探査の風が届かないのは何でだ？」

ニーアの報告に不穏なモノを感じて、バーラットが渋い顔で考え込む。

そんなバーラットの姿を見て、この部屋に入る前から嫌な予感が止まらないヒイロが口を開く。

「とりあえず行ってみませんか？　どちらにしても相手が障害物が無い場所にいてくれるなら、ありがたいではないですか」

「それも……そうだな。一回、目で確認してみるか」

バーラットがそう判断し、一行は側面からの奇襲を警戒して左手の壁伝《かべづた》いに一列に並んで奥に進み始めた。

進み始めてすぐに、列の中心にいたリリィが短い悲鳴を上げる。

「ひっ！」

「どうした！」

「何があった！」

列の先頭にいたバーラットと二番手のレッグスが同時に振り返ると、リリィは申し訳なさそうに棚に置かれた箱を指差す。

「すみません。箱の中を覗いてしまって……」

箱の中には葉っぱが敷《し》き詰められていて、その葉っぱの上に妖精蛾の幼虫が無数に蠢《うごめ》いていた。その視覚的に嫌悪感《けんおかん》を与える光景に、リリィが身震いをする。

「なんだ、勘弁してくれよ。冒険者が無害な虫で悲鳴を上げるなんて」

「冒険者でも、生理的に受け付けない物があるんです！」

「二人とも、その辺にしとけ。先を急ぐぞ」

口喧嘩に発展しそうだった二人を、バーラットは素《そ》っ気《け》なく止め、返事も聞かずに進み始めた。

嫌な予感がしてるのはヒイロだけではなく、バーラットも別の意味で嫌な予感を覚えていた。

（ニーアが調べられなかった場所にもしゾンビプラントがいるのなら、防御壁を張っているのか？　本体に鉄壁《てっぺき》の防御を施《ほどこ》し、一般人を次々に傀儡《かいらい》の兵士にしていく……そして、分身が根付いて更にゾンビプラントが増えるとしたら……くそっ！　兵器改良だとすれば国崩《くにくず》しすら可能な最高の出来じゃねぇか！）

推測通りならここで食い止めなければいけないと、バーラットは先を急いだ。


「……酷いです」

少し歩き、棚が途切《とぎ》れた先でその光景を見たヒイロは、呆然と呟いた。

ヒイロの視線の先には、意志が全く感じられない虚《うつ》ろな目をした集落の人達が三十人程、壁際の何かを囲むように半円を描いて外側を向いて立っていた。そして、その円の外側にはおそらく自警団の人達だろう、六人の武装した魔族がヒイロ達に虚ろな視線と武器を向けている。

ヒイロは、自由意志を奪われた人々の姿が、これ程痛ましく映るとは思っていなかった。

思考すら奪われてるような目をしたこの人達は、本当なら今頃は家族と夕食の食卓を囲み団欒《だんらん》を楽しんでいた筈だ。そう思うと、ヒイロはやるせない気持ちになり、その元凶《げんきょう》がいるであろう魔族の人達が作り上げた半円の先をキッと見据える。

「バーラット……この状況を打開する術《すべ》はあるのですか」

自分には戦術を立てる知識も経験も無い。そのことをよく分かっているヒイロは、焦る気持ちを抑えながら最善策をバーラットに求める。

バーラットはヒイロがやる気を見せたのにホッとしながらも、忌々《いまいま》しげに目の前の陣形《じんけい》を見据えた。

「戦闘能力の高い六人を前衛に立て、残りは人の壁を形成させる。こっちが集落の人達に手を出せないのを前提にした、ふざけた陣形じゃねぇか。これをたかが植物がやらせてるってか、そんなことありえねぇ！　ぜってぇ黒幕がいる筈だ！」

非人道的とも取れる陣形を見て、バーラットが苛立ちを隠しもせずに叫ぶ。

「レッグス！　バリィ！　リリィ！　前衛六人を抑えろ。軽傷なら負わせても構わんが、絶対に殺すな！　ニーアは三人のフォローだ。ヒイロ！　あの半円陣を力尽《ちからづ》くで崩してくれ。無手《むて》のお前なら多少無茶しても大怪我はさせない筈だ。本命が見えたら俺が一撃喰らわせてやる！」

　バーラットの号令を受け一同は頷き、行動を起こす。

　まず、レッグスが近くにいた前衛に切りかかった。

　殺さないように手心《てごころ》を加えた一撃だったが、魔族の剣士はいとも容易《たやす》くその攻撃を弾き返す。

「くそっ！　こいつらの力も異常だ！」

　予想外の力で剣を弾き返されたレッグスは、体勢を崩されながらも悪態をつく。

「おい、レッグス危ねぇって！」

　体勢を崩したレッグスに側面から切りかかろうと走り込んでいた戦斧《せんぷ》を持った魔族を、バリィはナイフを投げつけ牽制したが、その魔族は足を止めてから戦斧の広い刃でナイフを弾く。

「ちぃ！　反応もいいじゃねえか。こいつら相手に急所を狙わずに抑えろってか、バーラットさんも無茶を言う」

「フリーズアロー！」

　更にレッグスとバリィに攻撃を仕掛けようとしていた魔族に、リリィが容赦の無い氷の矢を打ち込み、その四肢《しし》を凍らせた。

「おいおい、そりゃ、軽傷程度じゃないだろ」

「死なせさえしなければ、ヒイロ様が回復してくれます。問題はありません」

やり過ぎじゃないかとレッグスが忠告すると、リリィはキッパリと冷たく言い放つ。

「我が妹ながら怖いやつ……」

呆然と呟いたバリィの目に、隙を突くようにその頭上から矢が飛んでくるのが映った。

「あっ！　ヤバッ！」

気付いた時には既に遅く、避けきれないと悟ったバリィは左腕を犠牲《ぎせい》にして受けようと、左肘を曲げて頭の上に掲げたが——

「エアシールド！」

突然バリィの目の前に現れた風の壁が、矢の軌道《きどう》を地面へと変える。

「まったく……あんたらって、いつもこんなに喧《やかま》しく戦ってるの？　まぁ、ヒイロも似たようなもんだけど……」

しょうがないなあといった感じでバリィの眼前に降りてきたニーアに、バリィは頭の後ろに手をやり、ペコペコと頭を下げた。

「あいつら危なっかしいなあ」

レッグス達の戦いを少し離れた所で見ていたバーラットは、本当に囮役を任せて大丈夫なのかと心配になりつつ苦笑する。

「でも、前衛は上手い具合に引き付けてくれていますよ」

「あれだけバタバタ戦ってりゃ、嫌でも目に付くか。なんとなくヒイロの戦い方に似てるな」

「私は素人なだけですよ。でも、彼等は場数を踏んだAランクの冒険者なんでしょ、あれが彼等の戦闘スタイルなんですよ。それよりも――」

「そろそろ頃合いだな。行くか」

バーラットの言葉にヒイロが頷き、二人は魔族の作り出した半円陣に向かって走り出した。

「10パーセントで行きます！　てやっ！」

魔族の人々を気遣い、控えめに【超越者】の力を上げたヒイロは、彼等の進行を止めんと両手を広げる魔族達で出来た壁に突っ込んだ。

「ぐぬぅ……少し手荒《てあら》になりますが、勘弁してください！」

ヒイロを何とか押し出そうと群《むら》がる魔族達に律儀に謝りながら、ヒイロはその人の壁の中心部に力尽くで押し入る。

（ぬぬぅ！　思いの外《ほか》、力が強いです……しかし、ここで頑張らねば……）

四方八方から掴まれ、外へ引きずり出そうとする力に抗いながら、ヒイロは両手を広げ、半円を形成していた約半数の十五人程を横方向へと押そうとする。しかし流石に多勢《たぜい》に無《ぶ》勢《ぜい》だったらしく、ジワジワと円の外方向に押し出されそうになっていた。

「ぐぅぅぅっ……力負けしますか……では20パーセントです！」

【超越者】の力を上げ、ヒイロはやっと十五人との押し合いで勝《まさ》り始める。

十五人との押し相撲《ずもう》に加え、複数の手で後方に引っ張られながらも、怪我人を出さないようにゆっくりと慎重に脇へと押しのけることで、半円はヒイロに引きずられるように見事に崩れ始めた。

「ははははっ！　流石ヒイロ。飛び込んで撹乱《かくらん》すると思ってたが、まさか、純粋《じゅんすい》に力で押し出すとは……ん？　あれか……」

愉快《ゆかい》そうにヒイロの活躍を見ていたバーラットは、薄くなった人の壁の向こうに目標物を視認し、その姿を見て不快な表情を見せる。

それは、キノコと呼ぶにはあまりにも歪《いびつ》な形をしていた。

全長は一メートル程。下半分の柄《え》の部分は直径五十センチ程と太くはあるが、白っぽい色の普通のキノコと同じ形をしていた。しかし、傘《かさ》の部分にあたる上半分は赤黒く、人の上半身のような形をしていて、両手で顔を挟み、口を大きく開けて苦悶《くもん》の表情で叫んでいるように見えた。

（ゾンビプラントは取《と》り憑《つ》いた死体の形を模《も》すと聞いていたが、まさか、死んだ者の無念まで模しているとはな……しかしこれで、あれがゾンビプラントであり、誰かがここに持ち込んだことが確定した！）

その異様な姿に圧倒され、動くのを一瞬躊躇《ちゅうちょ》したバーラットだったが、せっかくヒイロが作った好機《こうき》を逃すまいと薄くなった人の壁を掻《か》い潜《くぐ》り、一気にゾンビプラントとの間合いを詰める。

「喰らえっ！　炎槍突《えんそうとつ》」

ゾンビプラントが自分の攻撃有効範囲に入るまで距離を縮《ちぢ》めたバーラットは、炎の魔力を穂先に纏わせた槍の一撃をゾンビプラントに突き入れた。ところがその渾身の一撃は、ゾンビプラント手前の何も無い空間で弾き返された。

「くっ！　やはり魔法防壁が張られているか！」

一撃で通らないならと、バーラットは二撃、三撃と突き入れるが、その攻撃のことごとくが見えない壁に遮られ弾かれる。

「くっ！　まだまだぁ！」

諦めずに更なる攻撃を加えようとしたバーラットだったが、その背中にここの作業員だった魔族達が掴みかかってきたため、完全に抑え込まれる前に一旦ゾンビプラントから距離を取った。

「くっ！　流石に長居《ながい》は出来んか……ヒイロ！　一旦引いて仕切り直しだ」

離れた場所から「了解しました」という声を聞いて、バーラットは追いすがる魔族達を振り切りながら後退した。

「ヒイロ！　一旦引いて仕切り直しだ」

「了解しました！」

必死に魔族達を押さえ込んでいたヒイロは、後方から聞こえてきたバーラットの声に大声で応える。

（仕切り直しということは、バーラットさんの突貫《とっかん》は失敗したのですか⁉）

バーラットでも失敗するのかと驚きながらも、ヒイロは一時後退する。

ヒイロがある程度下がると、魔族達は彼を追うのをやめ、再び半円の陣形を取った。ヒイロはその行動に疑問を持ちながら、少し離れた場所にいたバーラットと合流する。

「バーラット、攻撃は出来なかったんですか？」

「いや……攻撃は出来たが、阻まれた」

「阻まれた？　誰にですか」

「改造ゾンビプラント自身の能力か、ゾンビプラントに魔道具が埋め込まれているのかは分からんが、魔法による防壁を張ってやがるんだ。魔力を込めた一撃を加えたが、魔法、物理攻撃、両方とも弾きやがる」

「……解決策は無いんですか？」

　攻撃が通らない魔法防壁の存在を、忌々しく思いながら声を絞り出すように尋ねるヒイロに、バーラットは苦々しい表情で口を開く。

「ゾンビプラントか魔道具が内包するＭＰが切れるまで攻撃し続ければ、魔法防壁は破れるだろうが、それ程のダメージを与える前に周りの魔族達に邪魔をされちまう」

「ならば、私が直接殴り続ければ……」

「ヒイロ様、バーラットさん」

　周りの魔族達に纏わり付かれながらでも魔法防壁を殴り続けようと、ヒイロが覚悟を決めかけた時、リリィを先頭にレッグス達が合流してくる。

「おう、どうしたお前ら」

「どうしたじゃないですよ。あんな連中、殺さないように長時間足止めするなんて無理です！」

「あいつらそんなに強いのか」

　泣き言を言うレッグスから魔族の前衛にバーラットが目を移すと、彼等は最初の位置に戻り、当初と同じようにヒイロ達に向かって武器を構えていた。

「強いなんてもんじゃないですよ。ハイドジャガーの時のように油断してなかったから何とか全員無事でいられましたけど、力や反応速度が尋常じゃないですし、傷を負わせても全く怯まないんですから……」

「そんなことより、バーラットさん。先程何かなさったんですか？」

レッグスの泣き言を遮り、リリィがバーラットに質問を投げかける。

「先程と言うと？」

「バーラットさんが、魔族の人達の円の中に入った時です」

「ああ、あん時は、視認したゾンビプラントに攻撃を加えていたんだが、それがどうしたんだ？」

「いえ、大したことではないと思うのですか、バーラットさんが円の中に入って少ししてから、周りの魔族の人達から円の中心に魔力が流れ込んでいくのを感じたもので……」

「なにぃ！　それは確かか？」

その言葉を聞いたバーラットが目を見開いて大声を上げると、リリィはバーラットの迫力に気圧《けお》されながらも小さく頷く。

「どうしたんですか、バーラット」

皆がバーラットの変貌に驚いてる中、その様子がおかしいことに不安を感じたヒイロが尋ねると、バーラットは悔しげに声を絞り出す。

「あのキノコ野郎、魔法防壁を維持するＭＰを周りの魔族達から補塡《ほてん》してやがる……」

「補塡って……まさか……」

「あれだけの数がいる魔族達を、ただ外敵を押し出す為だけに使っていたからおかしいとは思ったんだ。しかし、種明かしをすれば何てことはねぇ、あの魔族達はゾンビプラントの魔法防壁を維持する為のＭＰ補充要員だったんだよ」

「では、ゾンビプラントを倒すには……」

「魔族の魔力は人間より相当高い。当然、保有ＭＰも高い筈だ。つまり、魔法防壁を破るにはまず魔族達を何とかしなきゃいけねぇってことだ」

魔族達を助けたいが為にゾンビプラントを倒したいのに、それには、まず魔族達を何とかしなければいけない。

解決策が見出《みいだ》せない矛盾《むじゅん》したバーラットの言葉に、ヒイロは呆然となりながら魔族達に目を移す。そして先程は気付かなかった、見たくはなかった者を目にした。

「……っ！」

その魔族達の中に虚ろな目をした少女の姿を見つけ、ヒイロは喉《のど》の奥に言葉を詰まらせる。

（セルティアさん……私は貴方を救いたいのに救う術《すべ》が見つかりません……）

悲痛さを宿した目で少女を見ながら、様々な感情が渦巻《うずま》き苦しくなった胸に手を当て、そのまま震え出した手で胸元の服を力の限り握り締めるヒイロ。

ヒイロは怒る――バーラットが言っていた、このような事態を引き起こした素性《すじょう》の知れない相手に向かって……

ヒイロは悲しむ――突然平穏な日常を奪われ、このような事態に巻き込まれた魔族達の為に……

ヒイロは失望する――神に力を与えられながら、こんな状況で何も出来ない不甲斐《ふがい》ない自分に対して……

そして、ヒイロは願う――この、とても認容出来ない状況を打破《だは》する力を欲して……

そのヒイロの強い願いに――二つの意思が答えた。

まず、一つ目の意思がヒイロの願いを叶《かな》える為に動き出す。

〈【全魔法創造】により、寄生生物除滅《じょめつ》魔法、パラサイトキラーを創造します――創造完了しました〉

突然頭の中に響いた声に、そんな物を想像した覚えがないヒイロは驚く。

(寄生生物除滅魔法？　そんなことが可能なのですか⁉　想像もしてなかったです……何故、想像もしなかった魔法が生まれたのでしょう？　……いえ、今はそんなことよりも――)

突如生まれた新たな魔法に困惑しながらも、ヒイロは解決の糸口が見えたことに喜び、気持ちを切り替えてキッと、魔族達を見据える。

（救えるかもしれない……いえ！　救ってみせます！）

「パラサイトキラー！」

意気込んで魔法を発動させたヒイロだったが、魔法の発動に伴《ともな》い右手に現れた物を見て、何の感情も読み取れない何とも言えない微妙な表情を浮かべる。

（そういえば、想像しましたね……これ）

ヒイロの右手に現れた物は、光輝く普通サイズのピコピコハンマー。

その、武器としては微妙どころか残念なフォルムに、何とも言えない気持ちを抱きながらも、ヒイロは考える。

（他ならぬ【全魔法創造】さんが作った魔法。これで、あの分身体を倒せるのは間違いないのでしょうが、問題は、あの暴走状態を発動させないで倒せるかどうかですよね……）

大丈夫だという確証《かくしょう》が欲しいと、ヒイロは再び魔族達に視線を向ける。そして、前衛の中でも一番年配だと思われる見た目五十歳くらいの魔族の剣士に視線を固定した。

――彼を選んだのは、ヒイロの自己満足。

もしハイドジャガーのように暴走したら……そう考えたヒイロは、まず一般人である後方の魔族達を除外《じょがい》した。そして、自警団として戦いに対してある程度の覚悟を持っていたであろう前衛の中から、更に一番年配の魔族を選んだ。

（ダメだったらすみませんでは済まないですよね……ですが、こればっかりは試してみないと分からないのです……）

もしかすれば、魔族を一人殺すことになるかもしれない。ハイドジャガーの暴走した姿を思い出し、恐怖に駆られながらもヒイロは苦渋の決断をして駆け出す。

パラサイトキラーの使用方法は発動した時に分かっていた。これで寄生されている人の頭を殴ればいいのだ。常人では視認出来ないスピードでヒイロは剣士との間合いを詰めると、必要以上のダメージを与えないように、慎重にパラサイトキラーを振りかぶる。

しかし、慎重を期したその行動が致命的《ちめいてき》な隙に繋がった。20パーセントでは力の制御を上手く出来ないヒイロは、恐る恐る、そっとパラサイトキラーを振り下ろす。その攻撃は恐る恐るとはいえ、並の戦士の攻撃よりは速かったのだが、ゾンビプラントに寄生され、身体能力が飛躍的《ひやくてき》に向上している魔族には見切られてしまう。

魔族の剣士は横に体をずらしパラサイトキラーの一撃を避けると、そこからヒイロに向かって横薙《よこな》ぎの一撃を繰り出してきた。

「ぬお⁉」

予期せぬ剣士の反撃を、ヒイロは驚きながらも振り下ろす動作を利用してしゃがみ込み躱すと、嫌な気配を感じて、そのまま後方にゴロゴロと転がり魔族達と距離を取った。

数回転転がり、ヒイロが顔を上げて魔族の方を見ると、剣士の傍にいた魔族がその手に持つ槍をヒイロがしゃがんでいた辺りの地面に突き立てている。

その光景を見て、ヒイロは冷や汗を流した。

「危なかったです……バーラットの石の特訓の時のように嫌な感じがしたから退きましたが、そうしてなかったら槍で突かれてたところです……」

「おい、ヒイロ！」

ヒイロがバーラットに感謝していると、その当人が後方から他の仲間とともにヒイロの下へ駆け寄ってくる。

「お前、一体何をしようとしてたんだ？」

突然魔族に突貫したヒイロの行動理由が分からずバーラットが眉をひそめると、ヒイロは右手に持つパラサイトキラーを見せた。

「パラサイトキラーです」

「パラサイトキラー？　なんだそりぁ？」

「私も聞いたことがありませんけど……」

パラサイトキラーを突きつけられたバーラットと、魔法の知識が豊富なリリィが小首を傾げる。

「寄生生物を殺せる魔法ですよ」

「……そんな便利な魔法、何で今まで……って、まさか！　今作ったのか！」

「えっ！　今作った……そんな……流石ですヒイロ様！」

「流石っていうか滅茶苦茶《めちゃくちゃ》だよね」

時空間魔法なんてとんでもない魔法を生み出したヒイロなら、それも可能かと思いながらも驚くバーラット。本来ならば途方もない時間と労力が必要な筈の新魔法開発を容易にやったことが信じられなかったが、他ならぬ尊敬するヒイロがやったことだと気持ちを切り替え称賛するリリィ。そして、ヒイロの規格外ぶりをまたも痛感《つうかん》して呆れるニーア。

そんな三人を前にして、ヒイロは項垂《うなだ》れる。

「でも、当てられなかったんですよね」

「そりゃあ無茶ですよヒイロさん」

ヒイロの言葉に答えたのは、先程までその魔族と戦っていたバリィだった。

「確かに結構鋭い攻撃でしたけど、あいつら、あの程度の攻撃なら簡単に対応しますよ」

バリィの言葉に、ヒイロは困ってしまう。

ピコピコハンマーとはいえ、全力で叩けば首の骨くらい折ってしまうのではないかとヒイロは恐れていた。しかし、手加減すれば避けられてしまう。

力の調整がもっと可能な10パーセントなら流れるように攻撃に移れるが、20パーセントの動きに反応した魔族達に、果たしてそれが通じるものかとヒイロは悩む。

ヒイロが苦悩《くのう》していると、フッと、何の前触《まえぶ》れもなく頭の中に言葉が浮かんだ。それは【全魔法創造】の時のように、聞こえたと確信出来るものではなかったが、それでも、ヒイロはその言葉を確実に感じ取る。

――我を……自分の力を恐れるな！――


それは、決して届くはずの無い怒りのこもった助言。

そして、ヒイロの願いを叶えんと必死にもがいた、もう一つの意思が見せた意地。

（力……【超越者】は私の力……ですか）

それまでスキルは神からの借り物程度に思っていたヒイロは、今の言葉が【超越者】の言葉だと感じ、心に刻み込む。

（ふふ、【超越者】さんに心配されてたようですねぇ）

そう思うと妙に心強く、嬉しくなったヒイロは笑みを浮かべて立ち上がると、再び魔族の剣士を見据える。

「バーラット、ニーア、レッグスさん……実は、この魔法を使っても、あの暴走を止められるかは分からないんです。ですから、言い方は悪いですが、まずはあの剣士の方で試したいのですが……」

「なるほど……戦いに従事し、しかも、その中で一番の年配者を狙うのか……ヒイロ！

それでもし暴走したとしても、それはお前の責任じゃねぇからな。その責任はこの場を指揮した俺にある。だから、安心して行け！」

「しょうがないなぁ。まあ、ヒイロの好きにすればいいんじゃない」

「ヒイロさん。俺達は他の魔族達を抑えます。ですからあの剣士に集中してください」

「お願いします。では、行きますよ！」

バーラット達の助力を受け、更に心強くなったヒイロは魔族の剣士に向かって走る。

（これは……！　今までのように力に振り回されるような感覚が無い！）

ヒイロが今まで感じていた、身体を動かした時にその余韻で余計に引っ張られるような感覚が無くなっていた。気の持ちようでこれ程までに変わるものなのかと驚きながらも、ヒイロは魔族の剣士に肉薄《にくはく》する。

今度は躊躇《ちゅうちょ》しない。魔族の剣士を間合いに捉えたヒイロは、相手が反応を示す前にパラサイトキラーを振りかぶり、【超越者】を信じて力の限り振り下ろす。

そして、当たる瞬間に力を抜き、未だに反応出来ていない魔族の頭に軽く当てると、ピコン、と可愛らしい音が辺りに響き渡った。

パラサイトキラーを当てられた魔族の首筋に付いていた分身体はその瞬間、光の粒子《りゅうし》となって四散《しさん》していく。

「おっと……」

完全に分身体が消え去った魔族の中年は、その場に力無く崩れ落ちそうになったので、すかさずヒイロが受け止める。

「だから、お前に本気で動かれると、こっちがフォロー出来ないと言っただろ」

その時になってやっとヒイロの傍まで来たバーラットが、ヒイロに対して苦言を呈《てい》し、レッグス達はヒイロにやっと反応を示した他の前衛達を牽制する。

「とりあえず当てることは出来ましたが、大丈夫でしょうか……」

「どれ……」

心配そうにするヒイロから中年魔族を受け取ったバーラットは、中年魔族をしげしげと見る。

「ふむ、息はあるようだな……だとすれば問題は無いだろう。暴走状態になったのに気絶したままってことはまずありえないからな」

「なるほど、当てた瞬間に寄生生物を死滅《しめつ》させる魔法なんですね。ですから、緊急時に暴走させる信号を送る暇すら与えない……恐ろしい程の高性能ぶりです」

バーラットが魔族の無事に太鼓判《たいこばん》を押し、いつの間にか近くで様子を窺っていたリリィが、その魔法の性能ぶりに舌を巻く。

「リリィ！　何、油売ってやがんだ！　早く加勢しやがれ」

「油を売るだなんて、私がただ休んでるみたいに言わないでください！　ヒイロ様の新魔法ですよ！　近くで見なければ一生後悔してしまいます」

レッグスの悲鳴のような非難にリリィは力強く反論する。すると、今度は違う場所からバリィの非難の声が上がる。

「そんなことはどうでもいいから、早く加勢してくれ！　でないと兄は死んでしまう」

「そんなこととは何ですか！　今回ヒイロ様が開発した魔法は、この大陸の魔法史に残る見事な魔法なのです。その最初の発動の瞬間に立ち会える栄誉《えいよ》に比べれば、兄様の命など紙のように軽いのです」

　とてもではないが、ちょっと前に、その命を助けて欲しいと必死に懇願していた者の言葉とは思えないセリフを吐きながらも、リリィは二人の加勢に向かう。

「まったく、あいつらはもうちょっとスマートに戦えんのか」

「ふふ、賑《にぎ》やかでいいではないですか。でも、これでやっと光明が見えました」

「ああ、頼んだぞヒイロ！」

バーラットの言葉に押され、ヒイロは全ての魔族を救おうと動き始めた。

第10話　おっさんVSおっさん

「フッハハハッ、光になりなさい！」

すっかり元気になったヒイロは、レッグス達が苦戦していた前衛の魔族達をゾンビプラントの呪縛《じゅばく》から瞬《また》く間に解放する。そして、最初に目に付いたセルティアを助け、大事そうにその身をバーラットに任せた。それから残りの魔族を解放するべく半円の中へと躍り込むと、ハイテンションで手当たり次第に手の届く範囲の魔族の頭を叩き始めた。

魔族達はなんとかヒイロを抑え込もうとするが、ヒイロは攻撃範囲に入ってきた魔族の頭を片っ端から叩いていく。

「フッフッフッ！　貴方も、貴女も、貴方も！　皆光になりなさい！」

次々と、ピコピコというコミカルな音を立てながら、楽しそうに魔族達を解放していくヒイロ。いいことをしている筈なのだが、笑いながら人々の頭を殴りつけていく様《さま》は、どう見ても暴漢《ぼうかん》にしか見えない。

そして、数分足らずで全ての魔族が地面に横たわる結果となった。

「やっぱり、とんでもないな……」

「ああ、出会った頃にレッグスがあの人に取った態度を考えると、冷や汗が出るよ」

「それを言うのは無しだろバリィ！　大体、お前だって態度には出していなかったけど、ヒイロさんを無視してただろ」

「俺は話す機会が無かっただけだ。レッグスみたいにあからさまな無視はしてねぇだろ」

「流石ですヒイロ様！」

そのデタラメな活躍を改めて見たレッグスとバリィが、互いにヒイロに取っていた態度に関して口論を始め、リリィはそんな二人を無視して、ヒイロに称賛を送る。

「ふう……これでひとまずは安心ですねぇ」

「ああ、ご苦労さん。後はあいつだけだな」

かいてもいない額の汗を手の甲《こう》で拭く素振《そぶ》りを見せながら帰ってきたヒイロを労《ねぎら》いながら、バーラットは壁際のゾンビプラントに目を向ける。

「次はアレですか……しかし、嫌な姿をしてますよねぇ」

その嫌悪感しか湧かない造形を、魔族を解放しながら見ていたヒイロは、再びそれを視界に収め苦々しい表情を浮かべる。

「ああ、そうだな……ってお前ら！　いつまでじゃれ合ってるんだ！　そんなことをしている暇があったら、さっさと倒れてる人達をこっちに連れてきて寝かせろ！」

バーラットが未だに口喧嘩しているレッグス達を一喝すると、二人は慌てた様子で地に倒れている魔族達の下へ向かう。

魔族達はヒイロに解放され、ゾンビプラントの傍で折り重なるように倒れていた。このままでは下になった人は苦しいし、第一、ゾンビプラントを攻撃するのに邪魔になる。

「どれ、私も手伝いますか」

レッグス達が魔族の人達を一人一人丁寧に安全な場所まで運んでるのを見て、その作業に参加しようと彼等の下《もと》に向かったヒイロは、そこで仰向けに倒れている一人の少女を見つけた。

（はて……セルティアさん以外に、こんな少女がいたでしょうか？）

その少女は、年の頃は十二、三歳。腰の辺りまで伸びた透《す》き通るような銀髪に、病的な程に青白い肌をしていたが、元々青い肌の多い魔族なら違和感はあまりない。服装は黒いドレスのような華《はな》やかなもので、年齢の割には可愛いというよりも美しいと言った方が合う顔立ちをしている。

（……いやいや、こんなに目立つ少女がいたら、間違いなく記憶に残ります。この少女は確かに先程までいなかった……）

ヒイロがその考えに至った時に、今まで閉じていた少女の目がカッ、と見開かれる。

その少女の真っ赤な瞳を見た瞬間、ヒイロは意識が闇の奥底へと落ちて行く感覚に襲われた。

「おい、ヒイロ。どうかしたのか？」

倒れている魔族達を運びに向かったヒイロが棒立ちになってるのを見て、不審に思ったバーラットが背後から声をかけると、ヒイロは振り向きざまに裏拳《うらけん》を繰り出してきた。

「うおっ、なにしやがる！」

突然ヒイロから繰り出された攻撃に、バーラットは驚きながらも間合いを詰め、重心を落とすとヒイロの二の腕辺りを肩で受け止める。

「どうしたんだヒイロ！」

バーラットはヒイロに呼びかけながらその身体を押さえつけようとしたが、ヒイロはその手をスルリとすり抜けると一旦距離を取り、ゆっくりとバーラットの方に振り向いた。

「ちっ、操られてやがる」

振り向いたヒイロの無感情な瞳を見て、バーラットは舌打ちする。

（そういえば、まだ黒幕がいた筈だな……これはそいつの仕業《しわざ》か？）

その存在に気付いたバーラットがヒイロのいた辺りを確認しようとしたが、それを許さないというようにヒイロが一気に間合いを詰め、無数の拳を繰り出してきた。

「くっ！　正気の時より動きがいいじゃねえか！」

いつもと違う容赦のない拳の弾幕《だんまく》を洗練《せんれん》された動きで躱し、受け流し、または攻撃の予備動作の段階で潰しながら、バーラットはヒイロを正気に戻す方法を模索する。

「バーラット、ヒイロ！　急にどうしたのさ⁉」

「うっわ……」

当然格闘戦を始めたバーラット達にビックリしたニーアが叫び、その対決の迫力にレッグス達の腰が引ける。

「ヒイロが誰かに操られてやがる！　どっかに黒幕がいる筈だ、探してくれ！」

「なっ！　分かったよ。ほら、レッグス！　惚《ほう》けてないで探して！」

バーラットの言葉にいち早く反応したニーアが、呆然と二人の戦いを見ていたレッグス達に活を入れた。

「えっ……あ、はい！　分かりました」

「頼んだぞ」

レッグス達が黒幕捜索《そうさく》に乗り出すと、それを確認したバーラットはヒイロとの戦いに意識を集中させる。

（くぅ……この俺が【勘】を全開で働かせて防戦一方とは……敵に回ると本当に化け物だな……この世界に来た勇者ってのは皆こんななのか？）

バーラットの持つスキル【勘】は、あらゆる事に勘がプラス方向に働くという、この世界でも持つ者は少ない希少なスキルだ。彼はそのスキルを発動させることで、近距離では目視出来ない程速いヒイロの攻撃のうち、見切れなかったものを勘で避けていた。

そうやってひたすら防御に徹《てっ》した甲斐《かい》があり、ヒイロは攻撃の継ぎ目で隙を見せる。それは、ヒイロが大振りの拳を繰り出した後のわずかな間。その拳が引き戻される瞬間をバーラットは見逃さなかった。

「おらぁ！　正気に戻りやがれ！」

ドゴッ！

衝撃で元に戻るのではないかと期待を込めて繰り出されたバーラットの右ストレートが、鈍い音を立てながらヒイロの頬に炸裂《さくれつ》する。

それは、ハタから見れば頭が吹っ飛んだんじゃないかと思わせる程に強烈な一撃だった。

ところが、首を少し捻られただけで大したダメージは受けていなかったヒイロは、頬に押し付けられていたバーラットの拳を押し戻すように無表情のまま正面に向き直る。

「ちぃっ！　俺の攻撃は効きません、ってか！　頑丈なのにも程があるだろ」

ヒイロの頬に押し付けていた拳を引き戻し、バーラットはバックステップでヒイロと距離を取る。

「まったく……速い上に硬くて、しかも、こっちが当たったらタダでは済まないとは、反則にも程がある。仕方がねぇ、こっちも奥の手を使わせてもらうぞ。【剛力《ごうりき》】、【剛体《ごうたい》】発動！」

【剛力】は一時的に筋力を三倍にするスキル。【剛体】は一時的に肉体強度を三倍にするスキルだ。バーラットはこのスキルを三十分程維持出来るが、両スキルとも、一日に一回しか発動出来ないという欠点があった。

つまり、この両スキルを使った時点で、この三十分で決着を着けなければ打つ手が無くなるということになり、まさにバーラットは背水《はいすい》の陣で戦うことを決意していた。

「おらぁ、行くぞヒイロ！」

バーラットは勢いよく駆け出すと、拳を振るう素振《そぶ》りを見せながら腰を落として飛び上がり、ヒイロに向かって飛び蹴りを繰り出す。フェイントに引っかかったヒイロは、それでも胸の前で腕を十字に組んで受けたが、そのまま後方に吹き飛び、三回程バウンドした後にゾンビプラントの脇辺りの壁にぶつかり止まる。

バーラットは着地するとすぐさま、追撃をする為に吹き飛んだヒイロの下《もと》に駆け出した。が、仰向けに倒れていたヒイロは、近付いてきたバーラットの足を狙いエアブレードを放つ。

「くっ、魔法もありかよ」

【勘】のお陰で間一髪《かんいっぱつ》、ヒイロの攻撃を察知出来たバーラットはジャンプでエアブレードを避けるが、宙に浮き無防備になったところで、今度はチェイスチェーンが迫ってきた。

「何だこの魔法は！　見たことないぞ」

未知の魔法を目の当たりにして避ける術《すべ》がないバーラットは、仕方無く右腕を前に出しチェイスチェーンを受ける。

「……絡みつくだけか？」

地面に着地した後に、右腕に絡みついたチェイスチェーンを見て、その効果に拍子抜《ひょうしぬ》けしたバーラット。しかし、いつの間にか立ち上がっていたヒイロが、その鎖の反対側を

持っているのを確認すると顔を引きつらせながらその考えを改める。

「……前言撤回《ぜんげんてっかい》。この状態でヒイロの馬鹿力で振り回されたら、たまったもんじゃねぇ」

【剛力】を発動しているバーラットと、【超越者】20パーセントのヒイロの綱引きという名の力比べが始まった。


「う〜ん、何処にいるんだろ？」

「うっわっ……巨大魔物の大決戦を見てる気分だぜ」

ニーアが一生懸命黒幕を探している一方、レッグス達はヒイロとバーラットの対決が気になって、チラチラそちらの方を窺っていた。

「おおっ、なんだあの鎖みたいな魔法！」

「拘束魔法でしょうか？　見たことがありませんので、おそらくあれもヒイロ様のオリジナル魔法なんでしょうね。素晴らしいですわ」

「おいおい、引っ張り合いを始めたぞ！　嘘だろ……バーラットさん、ヒイロさんと互角《ごかく》に渡り合ってる」

「バカだなぁバリィ。バーラットさんはさっきスキルを発動させてんだよ。バーラットさんの奥の手【剛力】と【剛体】だ。これでヒイロさんにも引けを取らない筈だ……ほら見ろ！　若干、バーラットさんの方がヒイロさんを引き寄せ始めたぞ！　これでヒイロさんを抑えられる」

「何を言ってるんですレッグス。ヒイロ様の強さの本質はあくまで魔法です。単純な力勝負で優《まさ》ったからといってヒイロ様を抑えられるわけがありません！」

バーラットの頼みなどすっかり忘れ完全観戦モードに入ったレッグス達は、バーラット贔屓《びいき》のレッグスとヒイロ贔屓《びいき》のリリィで険悪《けんあく》になり始める。

「あんたら！　いい加減、真面目に探してよ！　……って……ん？　こんな子いたっけ？」

全く黒幕を探そうとしないレッグス達に不満を爆発させ、そちらの方に振り向いたニーアは、レッグス達の背後に横たわる少女に目が行き、小首を傾げた。

「むー！　私は一体どうしたというのでしょう。何故か身体が言う事をきかない上に、勝手に動いてバーラットと戦っているなど……どうしてこんなことに……って、理由は分かりきっていますね。あの少女の瞳を見た時から身体の自由を奪われているのですから……」

ヒイロの意識は依然《いぜん》、暗闇の中にいた。

なんとか身体を動かそうとするが、身体中をグルグルに縛られてるように全く動かせる気がしない。そのくせ、自分の意識から離れた体は好き勝手に動いて、バーラットと戦ってる情景が頭に流れ込んできていた。

「あれが魔眼《まがん》というやつでしょうか……漫画なんかでは軽い衝撃で簡単に正気に戻る印象

でしたが、実際にかかるととんでもないですねぇ……」

　なんとかこの状況から脱出出来ないかと、記憶の中から魔眼の使い手を思い浮かべていたヒイロだったが、なかなか解決策が浮かばない。

「大体、魔眼にかかるのはサブキャラなんですよねぇ。主人公は大概、始めっからかからないっていうのが定番なんですよ。私はやっぱりモブなんですかね……いっそ、力尽くで解けないでしょうか……ん？　力尽く……駄目元《だめもと》でやってみますか――【超越者】50パーセント！」

（むぅん！　……よし、力では若干勝っているぞ！　これで魔法にさえ気を付ければ時間が稼げる！　後は、俺のスキルが切れる前にあいつらが黒幕を探してくれれば……）

　バーラットはこのまま鎖の引き合いで時間を稼ぐつもりだったが、その目論見《もくろみ》はあっさり崩れる。

「おおっ、なんだー！　急にヒイロの力が強く……」

　ヒイロが【超越者】を50パーセントに上げた為に、バーラットの身体は突然宙に舞った。

「嘘だろ！　何で急に力が強くなった⁉　このまま振り回されたら、いくら【剛体】をかけてるからって耐えられんぞ！」

　弧《こ》を描き、ヒイロの頭上へ落下して行くバーラットは、このままではどうすることも出来ないと絶望が頭をよぎる。

「くそっ！　こんなことなら、取って置きの一本を飲んでおくんだった！」

最後の心残りの酒を思い浮かべながら、覚悟を決めたバーラットだったが——

ボフッ！

そんなバーラットをヒイロは優しく両手で受け止める。

「……ヒイロ……？」

「バーラット、迷惑をかけたようですね」

呆けたようにヒイロの名を呼ぶバーラットを、ヒイロはいつもの笑みを浮かべながら見下ろした。

「「……」」

その様子を離れていた場所で見ていたレッグス達は絶句する。

なんせ、壮絶な戦いの決着が、おっさんがおっさんをお姫様抱《だ》っこするというものだったのだ。

手に汗握り見ていたのに、いきなりそんな見たくもない展開になり、レッグス達は顔を引きつらせていた。ただ、リリィだけは「流石です」と何故か頬を赤らめ、ウットリとしていた。

「お前、何で正気に戻ってる？」

「さぁ……？　力尽くで打ち破ろうと力を上げたのですが、その途端に体の自由が戻りまして」

「力を上げたぁ～？　……一つ聞くが、その力を上げるというのは筋力だけか？」

「いえ、能力値が全体的に上がりますが」

ヒイロの話を聞いて、バーラットは呆れたような顔をしてこめかみを押さえる。

「なるほど……分かった。お前が受けていたのは精神支配系の魔法だ。だから、能力値を上げた時に精神力も上がって抵抗出来たんだ」

「精神支配系の魔法……私が受けたのは魔眼だと思ってたんですが……」

「魔眼！　それは本当か！　……と、その前に降ろしてくれんか」

話に夢中になっていたバーラットだったが、自分がヒイロにお姫様抱っこされているのに気付いて、頬を引きつらせて苦笑いを浮かべる。

「おっと、これは失礼」

ヒイロも自分が何をしているのか気付き、バーラットを降ろすと――

「バカなーー！」

甲高い女の声が洞窟内に響き渡った。

時は少し戻り、ニーアはそのあまりにも場違いな姿をした少女を見つけ、その少女に近付く。

「ん～……こんな子いなかったと思うけど……」

少女の顔の上辺りでホバリングしながら、ニーアは顎に手を当てた。

「でも、バーラットが言ってたのはこの事件の黒幕で、ヒイロを操る程の奴よね……いくら何でもこんな子供がそいつなんてこと、あるのかな？」

ニーアが悩んでいると、後方から歓声と悲鳴が上がった。

「えっ！　何？」

ニーアが驚いて振り向くと、丁度バーラットが宙高く舞い上がっていくところだった。

「うっわ……バーラットったら、空飛んじゃってるよ。もしかしてヒイロが本気を出しちゃった⁉」

ゴブリンジェネラルが同じように空を飛んだことを思い出したニーアは、下手をしたらバーラットが死んでしまうかもしれないと焦る。しかしその後、ヒイロがバーラットを抱き止めたのを見て、頬をヒクつかせた。

「……ヒイロ……元に戻った？　それはいいけど、あんな格好で何話し込んでるのさ……ちょっと気持ち悪いよ」

ヒイロがバーラットをお嬢様抱っこしたまま話し込んでるのを、ニーアは奇異《きい》の目で見ていたが、やがてヒイロがバーラットを降ろしたところで、後方から「バカなーー！」という叫び声が上がる。

「何⁉　うるさい……って、うわっ⁉」

そのうるささから両手で耳を塞いだニーアだったが、それと同時に後ろから何者かに身体を鷲掴《わしづか》みにされた。


「何事ですか⁉」

突然の叫び声に驚いたヒイロが声のした方に振り向くと、同じく振り向いているレッグス達の合間《あいま》から、あの少女が立ち上がっているのが見えた。

「あっ！　あの少女です。あの少女の目を見た瞬間に、私は体の自由を奪われたのです」

ヒイロの言葉を聞いて、バーラットは少女をまじまじと見つめる。

「やはり、魔族か……」

「やはりというと？」

「魔眼てのはな、一部の魔物かごく稀《まれ》に魔族が持って生まれてくる、特殊なスキルなんだ。だから、ヒイロから魔眼にやられたと聞いた時にもしや、とは思っていたんだが……まさか、魔族をゾンビプラントで傀儡にしていた黒幕が、同じ魔族だったとはな」

バーラットの言葉に、ヒイロは再び少女の方に目を向けた。その少女は肩をワナワナと震わし、ヒイロを睨みつけながらゆっくりと歩いてくる。

少女は全身に立ち込める怒気をはらんだ威圧感でレッグス達に自然に道を開けさせると、ヒイロの前までドカドカと大股《おおまた》で歩み寄り、静かにヒイロを指差した。

「おい、貴様！」

「はい⁉　……私ですか？」

少女にいきなり指差され、ヒイロはビックリしながら返事をする。

「そうだ。貴様だ！　何故お前のような人間風情《ふぜい》が私の【支配の瞳】から逃れられた！」

「何故と聞かれても、出来たと答えるしかないのですが……」

「出来ただと……ふざけるな！　貴様みたいな冴えない男が自力で私の魔力を打ち破ったというのか！　大体、その前のゾンビプラント改の分身体を消滅《しょうめつ》させたあれは何だ！　訳の分からないことをやりおって」

少女はその場で、悔しそうに地団駄《じだんだ》を踏み始める。

「私が、どれだけ苦労してゾンビプラント改の傀儡を増やしたと思っておる！　移動速度がほとんど無い分身体を、せっせとここの連中に取り付け……やっと、傀儡だけで集落の連中全てを傀儡にするに事足《ことた》りる数を集めたというのに、あっさり全員解放しおって！」

「ゾンビプラント改？」

ヒイロがその安易なネーミングに怪訝《けげん》な表情を浮かべると、少女はそれをゾンビプラントに脅威を感じていると思ったのか悔しそうに地団駄を踏むのをやめ、ニヤリと笑みを浮かべる。

「ああ、そうだ。私が長い年月をかけ、死後硬直で動きが鈍る死体ではなく生者を操れるようにし、更に、私の命令を聞くようにした最高傑作《けっさく》だ」

その言葉を受けたバーラットが、静かに口を開く。

「お前は、何で同じ魔族にこんな真似をしている」

少し怒気をはらんだ彼の言葉にも少女は臆《おく》することなく睨み返した。

「同じ……だと？　あの汚《けが》らわしい血を混ぜた連中が私と同じだと貴様は言うのか！」

バーラット以上に言葉に怒気を含ませ、少女は威圧する。

あまりの威圧感に、少女の背後にいたレッグス達はそこから離れるように後退り、バーラットは顔を苦しそうに歪めながらもその場に踏ん張る。

「ぐっ……なんつう威圧感だ……それに、さっきの言葉……お前、まさか純血の魔族か？」

「純血の魔族⁉」

純血の魔族という言葉に反応してヒイロが改めて少女を見据えると、少女は更に威圧感を高め嗤《わら》ってみせる。

その表情はとても少女のものとは思えず、この少女が姿通りの年齢ではないことを証明していた。

（確か、魔族は長寿なのでしたよね……確かにこの少女の嗤い顔からは老獪《ろうかい》なものが窺え

ますが、それでも、この姿は反則です）

ヒイロにもこの少女が今回の事件の首謀者《しゅぼうしゃ》であることは分かっている。集落の魔族達が操られている姿を見た時の怒りは、全ての人を解放した今でもまだ残っていたが、しかし、その姿故《ゆえ》にヒイロの闘争心はどうしても上がりきれない。

（日本男子としては、どうしても少女に手をあげるのは気が引けてしまいます……）

「くっ！　舐めるなぁ！」

躊躇《ちゅうちょ》しているヒイロとは違い、威圧感を増して挑発してくる少女に対し、バーラットはマジックバッグから出した愛槍を振りかざし、そして振り下ろした。

「喰らえっ！」

勢いよく振り下ろされた槍だったが、少女が今まで背後に回していた左手を前に持ってくると、その切っ先は少女の胸の手前で止まった。

「ぐっ……汚ねぇ」

少女の左手を凝視しながら、バーラットは苦虫を噛み潰したような表情で喉の奥から声を絞り出す。

少女の左手には、ニーアが握られていたのだ。

「ニーア！」

ヒイロがニーアに呼びかけると、ニーアはバツが悪そうに頭を掻く。

「ごめん……捕まっちゃった」

「くっ……ニーアを放してください」

「ふんっ、何で人質をタダで放さんといかんのだ。馬鹿かお前は」

勝ち誇る少女を前にして、ヒイロはどうしたものかと考えるが、そんなヒイロにニーアは片目を瞑ってサインを送る。

（ニーア、一体何をする気ですか？　無茶はしないでくださいよ）

そのサインから、ニーアが何かをするつもりだと察したヒイロだったが、その内容が分からず心配になる。だが、彼女はそんなヒイロの心配をよそに、少女に向かって手をかざすと予《あらかじ》め唱えていた魔法を発動させた。

「ウィンドーニードル！」

「なっ……ぐぁ！」

ウィンドーニードルを至近距離で顔面に受けた少女は、ニーアを放してすぐに両手で顔を覆ったが、すぐに回復したのか物凄い形相《ぎょうそう》でニーアを睨む。

「おのれ……羽虫がぁ！」

「させません！」

再びニーアに掴みかかろうとした少女だったが、それを察知したヒイロが、素早く少女を阻止《そし》するべく体当たりをぶちかました。

ドゴッ！

「グェッ！」

それは、とても体当たりで出るような音ではなかった。

巨大な落石にでも当たったような音と衝撃を受けた少女は、潰されたカエルのような声を出し、吹き飛んで行く。

ヒイロはニーアを助ける為に咄嗟に全力で体当たりしたのだが、今のヒイロは【超越者】50パーセントの状態。結果、少女は物凄い勢いで地面と水平に飛んで行き、洞窟の壁に爆音を上げて衝突《しょうとつ》した。

「……あっ」

無我夢中《むがむちゅう》で自分が【超越者】50パーセントの状態だったことを忘れていたヒイロは、少女が衝突して砂煙《すなけむり》を上げている壁を呆然と眺める。

「どうしましょう……少女を弾き飛ばしてしまいました……」

呆然としたまま、顔だけを向けてヒイロがバーラットにそう言うと、バーラットは口角を上げてヒイロの肩に手を置く。

「まぁ、気にするな。自業自得《じごうじとく》だ」

「いや、確かにそうなのかもしれませんが、流石にやり過ぎですよね……えっ！」

言いながら、砂煙を上げる洞窟の壁の方に再び目を向けたヒイロだったが、その砂煙の中から少女が歩いて出てくるのを目にして、驚愕する。

「本当に貴様は何者なのだ」

少女は手足は勿論、首すらもあらぬ方向に捻《ね》じ曲げられながらも、垂れ下がった頭の双《そう》眸《ぼう》でヒイロを見つめ、平然と問いかけてくる。

「このような痛手《いたで》を受けたのは、あの勇者とか名乗るふざけた連中の相手をして以来だ……いや、あの時相手にした勇者は三人だったから、貴様の力はそれ以上か？」

そう言っている間に、少女の傷は逆再生の映像でも見ているかのようにあっという間に治っていく。

「くっ、超速再生か！」

バーラットが焦った様子で少女に向かって槍を投げつけたが、その槍が届く前に少女の姿は掻き消えた。

——まったく、勇者どもの相手をさせる為の捨《す》て駒《ごま》を探しにこんな遠くまで来たというのに……まさか、こんな所で勇者以上の化け物に出会うとはな……この屈辱《くつじょく》、いつか返すぞ——

洞窟内に響いた少女の声が終わると同時に、その気配は完全に消える。

「逃げた……のでしょうか？」

「おそらくな……だが、まだあいつの置き土産《みやげ》の処分が残ってるぞ」

バーラットは気が抜けて力なくその場に座り込んだヒイロから、壁際のゾンビプラントに目を移す。

「あー、あれですか……」

「あいつの処分は、俺達に任せてください」

ヒイロが少し疲れ気味に呟くと、少女の威圧から解放されたレッグス達が寄ってくる。

「任せてもいいのか」

「はい！　魔法防壁が消えるまで攻撃し続ければいいんですよね。任せてください！」

「んじゃ、頼むわ。俺も疲れた」

バーラットはレッグス達に任せると、どかっとヒイロの隣に座り愛用のマジックバッグを膝の上に載せる。

「さてと……」

マジックバッグを漁り始めたバーラットは、そこから酒瓶を取り出し始めた。

「……バーラット、お酒は帰ってからにしてください」

「かてぇこと言うなよ。疲れた身体には、こいつが一番の薬なんだからよ。それに――」

そこまで言って、バーラットはレッグス達に目を向ける。

「若造どもの頑張ってる姿を見ながら一杯やるのも乙《おつ》なものだろ」

「まったく、バーラットは仕方ありませんねぇ」

そう言いつつも、ヒイロは笑みを浮かべて時空間収納から予め焼いていたゴールデンベアの肉が載った皿を取り出す。

「なんだ、あの肉は出さんのか」

「レッグスさん達もいるんです。後であの肉のことを聞かれたら面倒でしょう」

「それもそうか」

頑張っているレッグス達を尻目《しりめ》に、おっさん二人はあっという間に酒盛りの準備を終え、軽く乾杯《かんぱい》した後に飲み始める。ちなみにニーアは食べる方専門で、早速、肉にかぶりついていた。


「何だあいつら、一向に進展してる気配がねぇな」

三杯目を注ぎながら、魔族の人達を全員安全な場所へ移動させた後で、必死にゾンビプラントに攻撃を加え続けているレッグス達を見て、バーラットは不満顔を浮かべる。

「思ったより、魔法防壁が硬いのでしょうか？」

「まあ、全力で攻撃する訳にはいかんからな。仕方がないといえば仕方がないんだが、見てるだけとなるとやきもきするな」

「……何故全力で攻撃出来ないんですか？」

ヒイロの疑問に、バーラットは三杯目をグッと呷ってから答える。

「魔法防壁に攻撃するってのは、かてぇ壁に攻撃してるようなもんだからな。全力で攻撃したら、その衝撃でこっちの手がいかれちまう」

ヒイロは思いっきり壁を殴るところを想像して、『ああ、なるほど』と頷く。

「でも、それなら魔法攻撃の方が有効ですよね」

「それも今回の場合良し悪《あ》しでな……ほら見ろ――」

バーラットに促されヒイロがレッグス達の方を見ると、丁度リリィが離脱《りだつ》し、こちらの方に歩いてくるところだった。

「すみません。なんか、MPがじわじわと吸われてるようで、切れてしまいました」

そう言ってヒイロの隣に座るリリィに、ヒイロはコップにウォーターで水を注ぎ差し出す。

「ありがとうございます」

リリィはヒイロからコップを受け取ると、一気に飲み干《ほ》し愚痴《ぐち》を零し始める。

「あの魔法防壁、凄い頑丈です。それに、近くにいる人のMPを吸って補充してるみたいで……あっ、注ぎます」

愚痴を零しながらも、リリィはヒイロのコップが空《から》になってるのを見て、酒をお酌《しゃく》する。

「おっと、これはすみません。若い女性にお酌をしてもらえるとは、ありがたいですねぇ」

リリィにお酌され、ヒイロは上機嫌で酒を口に運ぶ。バーラットはそんなヒイロを少し羨《うらや》ましげに見つめていた。

「やっぱり近くにいる奴はMPを吸われるのか……なら、吸われて回復されるより多くのダメージを与え続ければいいんだろうが、まだ魔法防壁が崩れる兆候も見られないのか？」

「ええ、全然崩れる気配は無いっす」

「本当に、バカみたいな持久力《じきゅうりょく》ですよ」

バーラットの疑問に答えたのは、いつの間にか引き上げて来たバリィとレッグス。

バーラットは質問の後に酒を一気に飲み干し、そっとリリィの方にコップを差し出したのだが、そのコップにレッグスからお酌され、微妙な表情を浮かべながらコップを引っ込めた。

その様子に笑いを堪えながら、ヒイロはレッグス達に水の入ったコップを差し出す。

「あっ、ありがとうございます。でも、実際問題、あれ壊すのには凄い時間がかかりますよ」

レッグスはヒイロから水を受け取ると、疲れきった顔でコップを呷る。

「……疑問なのですが、魔法防壁というのは魔法や物理攻撃を弾くのですよね。それは、常に張られてる物なんですか？」

「いえ、そんなことは無い筈です。常時張っていれば、それだけMPを消費しますから。

魔法防壁は、ゾンビプラントが危険を感じた時に張られると思われます」

リリィの解説を聞き、ヒイロは顎に手を当てる。

「……もう一つ質問ですが、魔法防壁で防ぐのは攻撃だけですか？　熱とか、冷気なんて物も防ぐのでしょうか？」

「えっ？　熱や冷気ですか……それは防げないと思います。魔法防壁はあくまで攻撃を防ぐ壁ですから、それ以外の要因は予め魔法に組み込んでいない限り防げません」

「ヒイロさん、何を考えてるのか分かりませんが、火系や氷系の魔法も直接当てなければ意味が無いですよ」

(直接当てないと……ですか。この世界ではあの現象は常識ではないのでしょうか？)

レッグスの口振りを聞いて、ヒイロは一つ試してみようと立ち上がる。

「おっ、ヒイロ。お前が行くのか？　言っとくが全力で殴るのはやめておけよ、魔法防壁が破れなければお前の腕がボロボロになるぞ」

バーラットの忠告に、ヒイロは笑顔で頷き応えるとゾンビプラントに向かって歩き出す。

ヒイロの自信ありげな様子に、他の面々は何をする気かと興味を惹かれてその後に続いた。

「さて、試してみますか」

ゾンビプラントの前まで来たヒイロは、出来るだけ高温の炎を想像し魔法を発動させる。

「ファイア！　……って熱っ！」

ヒイロの手の平に生まれた炎は、ヒイロの想像に応えるように青白い色をしており、周りに熱風を巻き起こしていた。そのあまりの熱さに、ヒイロは慌ててゾンビプラントの頭頂部目掛けてファイアを放る。

炎はゾンビプラントの上部二十センチ程の所で止まり、そのまま燃え続けた。

「ふむ……やはり攻撃魔法でなくても攻撃とみなしますか……」

ファイアを魔法防壁に止められてしまったが、それは想定内とでもいうようにヒイロはファイアを生み出してはゾンビプラントの上部に投げ続ける。

「うぷっ、熱っ！　……凄い熱量ですね。でも、やっぱり当たらないと意味ないですよ……」

「レッグスさん。発火点という言葉をご存知ですか？」

熱風から守る為に腕で顔を覆いながら無意味だと断言するレッグスに、ヒイロは更にファイア二つをゾンビプラントの上に追加しながら質問する。

「発火点……ですか？　聞いたことないですけど」

「発火点というのは、その物体が燃え始める温度のことです。物体は直接火に触れていなくても、発火点以上の温度に晒《さら》され続けると勝手に燃えるのですよ」

「「「あっ！」」」

レッグス達の方を向いて丁寧に説明を始めたヒイロの背後で、ヒイロの説が正しいことを証明するように、ゾンビプラントは静かに燃え始めた。


「ヒイロさん、本当にありがとうございました」

「いえいえ、私は少し手伝っただけですから気にしないでください」

ヒイロが目を覚ましたセルティアとその父に頭を下げられている傍で、レッグスとバーラットがヒソヒソと小声で密談《みつだん》を始める。

「本当にそれでいいんですか？　俺達、結局何にもしてないんですけど……」

「ああ、構わん。今回、俺達はお前らの依頼に無理矢理割り込んだだけだからな。手柄は全部お前らが貰っとけ。その代わり……」

「分かりました。バーラットさんやニーア……特にヒイロさんのここでの活躍は他言無用ってことですよね」

レッグスの言葉にバーラットが満足げに頷くと、レッグス達は気が付いた魔族の人達を連れて集落へと戻っていった。

「疲れましたね……」

「ああ、俺も久しぶりに精も根《こん》も尽き果てたぜ」

セルティアに手を振っていたヒイロがバーラットに話しかけると、バーラットはやれやれといった感じで首に手をやり首を回してパキパキと骨を鳴らす。そんな彼をヒイロはジト目で睨んだ。

「嘘を言わないでください。酒盛りをする余裕があったくせに……」

「それを言うならヒイロだって、全然疲れてるようには見えねぇぞ」

「私は精神的に限界寸前なんですよ」

「ああそうかい。だったら、帰って酒飲んで寝るのが一番の薬だな」

「またお酒ですか……でも、それは否定出来ませんねぇ」

全てが片付き、人気《ひとけ》が無くなった洞窟の入口でヒイロとバーラットは気怠《けだる》そうに語り合う。別にすぐに帰ってもよかったのだが、あの純血の魔族がまた現れそうで、何とは無しに二人ともこの場に留《とど》まっていた。

「そういえば、これ、どうしましょう」

そう言ってヒイロが出したのは一つの指輪。ゾンビプラントが燃え尽きた後に出てきた物だ。

「それはお前の戦利品だ、お前が持っとけ。冒険者の間では、魔物の戦利品は倒した者に取得権利があるんだよ」

「ふむ、そうですか……では私が貰っておきますが、使い方が分からないんですよね」

「まあ、大体効果は想像出来るが、専門の店で鑑定してもらえばハッキリすると思うぞ。

あまりオススメは出来ないがな」

「でしょうね。純血の魔族がゾンビプラントに組み込んだ魔道具、騒ぎの種にしか見えませんねぇ。とりあえず、時空間収納の肥やしにしときましょう」

「それより、よかったの？」

ヒイロが謎の指輪を仕舞い込むと、ヒイロの頭の上に乗り眠りかけていたニーアが話しかける。

「何がです？」

「手柄を全部レッグス達にあげたことだよ」

「ああ、そのことですか。別にいいんですよ。私はあまり悪目立ちしたくありませんから」

「そうだな。今回の件は少し大事になっちまったからなぁ。まさかもう存在しないと思われていた純血の魔族が絡んでいたとは……それをヒイロが退けたなんて話が下手に広まったら、最悪首都から事情を聴《き》きたいなんて呼び出されるかもしれん。そんな面倒臭いことに関わるなんて御免だ」

「面倒臭い、ね……でも、ヒイロとバーラットがつるんでたら、悪目立ちしたくなくても、その内目立つ羽目になるんじゃないかなぁ」

「「……」」

ニーアの未来予想に、おっさん二人は微妙な表情で互いを見合いながら押し黙るのだった。

「むっ！　ゾンビプラント改がやられおったか……」

雲一つ無い、星が落ちてきそうな澄《す》み渡った夜空を、蝙蝠《こうもり》のような羽を生やして飛んでいた少女は、自分が作ったゾンビプラント改の消滅を感知し眉をひそめる。

（あの魔法防壁と魔道具のコンボは、そんな簡単に突破出来る筈は無いのだがな……まさか！　また、あの男の仕業か！）

冴えない相貌《そうぼう》のおっさんを思い浮かべ、悔しさに歯軋《はぎし》りしながら少女は西に向かって飛んで行く。

別に目的があってその方向に向かっている訳ではない。作戦を潰された少女は、とにかくヒイロ達から離れようと人気《ひとけ》の無い方角を無意識に選んで飛んでいた。

（しかしそうなると、ゾンビプラント改はともかく、あの魔道具は惜しいことをしたな）

ゾンビプラントに埋め込んでいたのは、ＭＰドレインという魔道具で、近くにいる他者からＭＰを吸収し自分のものに出来るという、少女が知り合いの魔族に作って貰った特別な物だった。

少女はその魔道具をゾンビプラント改に埋め込み、ゾンビプラント改自体に組み込んだ魔法防壁の術式を使わせていたのだが……その魔道具を回収出来なかったことが心残りとなっていた。

（鉄壁の防御法だと思ったのだがな、まさかあんな化け物がこんな僻地《へきち》にいようとは……全くもって忌々しい。私の【支配の瞳】に三人までしか支配出来ないという制限が無ければ、ゾンビプラント改に頼らずとも私の力で傀儡を集められたものを……）

勇者の出現で、優勢《ゆうせい》だった戦局を五分《ごぶ》にまで押し戻されていた純血の魔族。彼等は、絶対数が少ないという自分達の弱点を補《おぎな》う為に、勇者の手の届かないこの遠く離れた地で兵隊となる傀儡を作ると同時に、敵の後方で騒ぎを起こす作戦を実行していた。

もっとも純血の魔族は、人間の国が複数に分かれていて、勇者を囲う国と違うこの国で騒ぎを起こしても効果がないことを知らなかったのだが。

（せっかく、偶然見つけたあの魔族のプライドを捨てた混血どもを傀儡の苗床《なえどこ》にして、大きな騒ぎを起こしてやろうと思ったのだかな……まあ、いい。自分達の背後で私が暗躍《あんやく》していたという情報が流れれば、勇者どもも安心して戦うことは出来ま……い……ん？）

少女は遠く彼方《かなた》に気になる気配を感じ、その場で停止する。

（この気配は……まさかエンペラークラスの魔物か？　この方角にいるエンペラークラスはエンペラーレイクサーペントの筈だが、それにしては存在感が薄過ぎる……もしや、新たに生まれたエンペラークラス！　だとすれば、力をつけて手に負《お》えなくなる前に【支配の瞳】の支配下に置いてしまえば……）

少女はその存在に気付いた幸運に感謝しながら、満面の笑みを浮かべた。

「お爺ちゃん、こんな夜更《よふ》けに作業場で何してるの？」

セシリアは夜更けに作業場に入って行く祖父を偶然見つけ、後を追って言葉をかけた。

「セシリアか……」

そう答えて振り向いたクルサスが見ていた作業台の上には、今日ヒイロに納品する予定のコートが広げられていた。

そのコートは、ここ数日セシリアが夜遅くまで続いたクルサスの鬼のしごきに耐え、やっと及第点《きゅうだいてん》を貰えた物だった。薄く加工したゴールデンキングベアの毛皮を挟むように白地の虹色蚕の絹を縫《ぬ》い合わせ、更に自動修復《しゅうふく》、自動洗浄《せんじょう》、自動温度調整の付与《ふよ》をクルサスが行っていた。

「息子とセルティアが戻って来たな」

「うん！　本当に無事でよかったわ」

セシリアは本当に嬉しそうに頷く。

「聞くところによると、ヒイロ殿に助けられたそうじゃな」

「そうみたいだね。よく覚えてないみたいだけど、光輝く魔法でお父さんとセルティアを解放してくれたって言ってた」

「ふむ……」

クルサスは少し考え込む素振《そぶ》りを見せると、おもむろにエンペラーレイクサーペントの鱗を取り出す。

「お爺ちゃん？」

何故クルサスが、金庫に仕舞っていたエンペラーレイクサーペントの鱗を持って来たのか分からないセシリアは、小首を傾げる。

「息子と孫を助けられ、更にこのような物を貰うのは気が引けると思わんか？」

「えっ、確かにそうかもしれないけど……」

肯定しながらも、勿体無い感を全身に滲《にじ》ませる孫娘を見て、クルサスは深々とため息をつく。

「お前は父親と妹の命が、これよりも軽いと思っとるのか？」

祖父にきつめにそう言われ、セシリアはブンブンと力一杯首を左右に振る。

「そんな訳ない！　お父さんとセルティアに比べたら、そんな鱗十枚あっても……」

「そうじゃろ。じゃから、これは返そうと思うてな」

「でも、ヒイロさん、返すって言われて素直に受け取るかな」

セシリアは気の好《よ》さそうなヒイロの笑顔を思い出し、彼が受け取らないのではないかと懸念《けねん》する。

「儂もそう思う。じゃから、こっそり返すことにしたんじゃ」

「こっそりって……もしかして……」

「儂も歳じゃからのぉ。もうこの技は使わんつもりじゃったが、息子と孫の恩人の為に、老骨《ろうこつ》に鞭《むち》を打とうかと思うてな」

そう言うとクルサスはコートの上に鱗を置き、更にその上に自分の手を重ねた。

「素材の能力を武具に宿《やど》す生産職の妙技《みょうぎ》、儂が使うのはこれが最後じゃ、よう見とれよ！」

ヒイロの恩に報《むく》いる為、そして、自分の最愛の孫にして弟子であるセシリアに技がどういうものか見せる為に、クルサスは渾身の気力を振り絞り呪文を唱え始める。

素材を武具に宿す技はかなりの負担《ふたん》がかかるのか、クルサスは脂汗を額に滲ませながら呪文を唱え続ける。すると、エンペラーレイクサーペントの鱗は滲むように徐々にコートと同化し始め、それと同時に純白《じゅんぱく》だったコートが薄いエメラルドグリーンに段々染まっていく。

その一挙手一投足《いっきょしゅいっとうそく》を見逃すまいとセシリアが見守る中、クルサスの妙技は続いた。

どれくらいの時間が経ったのだろうか、東の空が白み始めた頃、クルサスの術式は完成し、彼は疲れきって椅子《いす》に力無く座る。

「ふう〜……何十年ぶりかにやったが、何とか成功してくれたのぉ」

クルサスは達成感を全身に覚えながら、そのまま真っ白に燃え尽きるように眠りにつこうとした……のだが、完成したコートをしげしげと見ていたセシリアが突然目を見開くと、慌てて彼の両肩を掴み激しく揺さぶった。

「ちょっとお爺ちゃん！　満足して寝てる場合じゃないわよ！」

「なんじゃ、儂ゃもう疲れたんじゃ……寝かせてくれ」

「そんな訳にはいかないのよ！　あれを見て！」

孫に切羽詰《せっぱつ》まった様子で言われ、クルサスが襲い来る睡魔《すいま》に抗いながら指差された方を見ると、そこにあるのは完成したばかりのヒイロのコート。

「なんじゃ、もう完成しとるじゃろ。何を見ろというんじゃ」

「そんな見てくれじゃなくて鑑定してみてって言ってるの！」

「う〜む、仕方がないのぉ」

クルサスは渋々【防具鑑定】をコートにかける。

水蛇神《すいじゃしん》の鱗帝衣《りんていい》
　エンペラーレイクサーペントの力が宿《やど》った帝衣。
効果

水属性吸収　火属性無効　風属性ダメージ減少（中）　土属性ダメージ減少（中）
雷属性ダメージ上昇（中）　精神干渉妨害《かんしょうぼうがい》　自動修復《しゅうふく》　自動洗浄《せんじょう》　自動温度調整

「……なんじゃこりゃぁーー！」

コートを鑑定すると、一気にクルサスの眠気《ねむけ》が吹き飛んだ。

属性耐性の効果は特別な武具やアイテムを除き、魔物の素材の効果を宿すことでしか得られないものである。普通、一つの素材で得られる効果は一つであり、それも、（小）やよくて（中）程度であった。

ミスリルやオリハルコンなどの伝説レベルの材料で出来た物を除いて、武具やアイテムに素材の効果を宿せるのは一回が限界である為、これ程の数の効果が一つの武具に付与されることは、まずありえないのである。

「お爺ちゃん……これって……」

「雷属性が弱点になっておるが、それを差し引いても間違いなく国宝クラス……いや、それ以上じゃな。吸収や無効なんて効果、初めて見たぞ。流石はエンペラークラスの素材じゃ！」

「お爺ちゃん、感心してる場合じゃないよ。これ、このままにしとくとまずいよね」

「当たり前じゃ！　こんな物着とったら、良からぬ人間の興味を惹くだけじゃ！　ヒイロ殿は、昨日は夜遅くまで救出活動をしていたな。引き取りに来るのは昼過ぎじゃろ……それまでに隠蔽《いんぺい》作業を終わらせるんじゃ！」

「ひぃぃぃぃぃ！　やっと寝不足から解放されると思ったのにーーー！」

清々《すがすが》しい朝の作業場に、クルサスの気合いの入った声と、セシリアの悲鳴が木霊《こだま》した。

第11話　おにゅう

「ふぁ〜……あんまり寝た気がしませんねぇ」

その日、ヒイロはひどい倦怠感《けんたいかん》に苛《さいな》まれながらゆっくりと上半身を床から起こした。

時刻は昼過ぎ。

昨夜、ヒイロ達は日付が変わるか変わらないかという頃に養蚕場から戻って来た。

行方不明事件の騒ぎでまだ起きていた雑貨屋のフーストンを見つけた彼等は、そのまま事件解決のお祝いと称した飲み会に突入した。

結果、早々に宿に戻ったニーアを除き、ヒイロ、バーラット、フーストンの三人は雑貨屋の店内で夜が明けるまで飲み続けることになった。

ヒイロは酩酊こそしなかったが襲い来る睡魔には勝てず、そのまま店の床で寝てしまっていたのだった。

「……身体のあちこちが痛いですし、異様に怠《だる》いです。やはり、硬い床で寝ては疲れが取れませんねぇ……」

ヒイロは開ききらない目をこすり、ガチガチに固まった身体をほぐすように伸びをすると、店内を見回した。

床には無数の酒瓶やつまみを載せていた皿が散乱《さんらん》しており、その中に埋もれるようにして、バーラットとフーストンが大いびきをかいていた。

ヒイロは二人を起こさないようにゆっくりと立ち上がると、もう一度伸びをしてから自分の身体を見渡す。

「ああ……せっかく頂いた服がボロボロです」

寝起きが最悪な上に、頂き物の服をわずか数日でボロボロにしてしまい、ヒイロのテンションは思いっきり下がっていった。

(今日はコートを受け取る約束の日でしたね……この服を見てクルサスさんが機嫌を損《そこ》なわないといいんですけど……しかし、私は戦う毎《ごと》に服を破いてしまいますね。服がビリビリになっても戦いが終わると元に戻っている、なんて便利な服は無いものでしょうか)

「ん……んん、あー、だりぃ」

ヒイロが漫画の主人公などによくありがちな夢の服を渇望《かつぼう》していると、バーラットが上半身を起こして伸びをする。

「バーラット、起きましたか」

「おう、ヒイロ。早いな……って、何朝から辛気臭《しんきくさ》い顔をしてやがんだ」

「せっかく貰った服を駄目にしてしまったので、ちょっとブルーになってただけですよ。それと、今はもう朝じゃない筈です。バーラットも朝まで飲んでたでしょう」

「そうだったか？　まあ、そんな細けぇことはどうでもいいじゃねえか。それよりも、せっかく早く起きたんだ、迎え酒を……」

近くに置いていた酒瓶に手を伸ばそうとするバーラットを半眼で見据え、ヒイロはおもむろに片方の靴を脱いで、それをバーラットの方に向ける。

「バーラット、だからもう早くない時間だと言ってるでしょう。私の言葉が理解出来ない程酔いが残っているのなら、いい気付け方法を知ってるんですが？」

「おい、待てヒイロ！　お前のそれは明らかに気付けではない。それはどちらかというと毒ガスの類《たぐい》だ」

バーラットが慌てて右手の平を向けて制止すると、ヒイロは呆れたように息を吐き靴を履き直した。

「まったく、今日はコートを引き取りに行くのですから、これ以上の酒の追加はやめてください」

「服を取りに行くのはヒイロなんだから、俺がここで酔っていても別に問題ないだろ」

まるで酒を飲むことが正論だと言うようなバーラットの口振りに、ヒイロは頭痛を覚えてこめかみを指で押さえる。

「コートを受け取ったらコーリの街に向かうのでしょう」

「いや、コーリに行くには丸二日かかるから、今から出たら中途半端《ちゅうとはんぱ》になっちまう。だから出発は明日の朝だな」

だから今飲んでも問題ないとでも言いたげに、バーラットは酒瓶を掲げてにっこりと笑う。

「はぁ～、これから飲み始めたら、バーラットは明日の朝に響くような時間まで飲み続けるでしょう……」

「こんにちはー、バーラットさん達います？」

「ヒイロ、バーラット、起きてる？」

ヒイロが、バーラットが再び飲まないように説得を始めようとすると、雑貨屋の扉からニーアとレッグス達が入って来た。

「うわっ、酒くさ！」

「ヒイロ様、夜通し飲んでいたんですか？」

雑貨屋の中に入るなり、ニーアは部屋に充満する酒臭さに鼻を摘み、リリィが、ヒイロを労《いた》わるように話しかける。

「夜通しというか……明け方まで飲んでて、先程起きたんですけどね……あっ、そうだ！　レッグスさん、申し訳ないのですが、バーラットがこれ以上飲まないように見張っててくれませんか」

「へっ？　どうしてまた？」

ヒイロの突然の申し出に、レッグスは不思議そうに尋ねる。

「私達は明日の朝コーリに向かうのですが、バーラットに酒を与えると出発が遅れるんですよ。ですから、今から酒を取り上げておかないといけないのです」

ヒイロの説明に、ここまでの道中を思い出したニーアは「ああ」と納得し、バーラットは「俺から酒を巻き上げるなんてあんまりだ！」と憤慨《ふんがい》する。

レッグス一同はそんなバーラットの様子をしげしげと見つめた後に、ヒイロに向き直る。

「分かりました。その代わり、コーリに向かう時は同行してもいいですか？」

「ええ、そんなことでよろしければ」

「本当ですか！　でしたら私が責任を持って見張ってますわ！」

ヒイロが笑顔で了承すると、レッグスを押し退けリリィがやる気満々で答える。

「ははは……ではよろしくお願いします」

リリィの気迫満ち溢れる返事を聞いて、ヒイロは頬を引きつらせながら乾《かわ》いた笑いを浮かべてお願いした。

「ヒイロ！　俺に酒を飲むななんてひでぇじゃねぇかー！」

「バーラットは飲み過ぎなんです。これに懲《こ》りたら酒を嗜《たしな》むということを覚えてください」

抗議の言葉を発しながらレッグス達に襟首を掴まれ宿へと引きずられて行くバーラットを笑顔で見送り、ヒイロはニーアとともにゼルダー家へと向かった。


「こんにちはー」

「……いらっしゃ〜い」

ヒイロ達が服屋のゼルダー家に入ると、陰気《いんき》な声で出迎えられた。

「……随分とお疲れのようですねセシリアさん……」

「あー、ヒイロさん……うん、ちょっと色々とあってね……」

目の下にクマを作り、ほつれた髪でカウンターに突《つ》っ伏《ぷ》していたセシリアは、ヒイロを確認すると半笑いで手を振る。

「大丈夫ですか？」

「うん、大丈夫、大丈夫……あっ、コートの引き取りだよね……出来てるよー……お爺ちゃん！」

全然大丈夫に見えない受け答えをして、セシリアはカウンターの奥に向かって大声で叫ぶ。

「お～う、ヒイロ殿が……来たんじゃな」

孫娘に呼ばれて奥から品物を持って出て来たクルサスは、セシリアに負けず劣《おと》らずの疲れきった顔をしていた。

「……クルサスさんまで……本当に大丈夫ですか？」

「なに、この程度の修羅場《しゅらば》、生産職ならよくあることなんで気にせんでください」

クルサスは笑顔で受け答えすると、ヒイロに四着の服を差し出す。

「これは……」

ヒイロはその服を見てビックリした。

クルサスはコートだけでは料金に見合わないと上下の服も作っていたのだが、事情を知らなかった彼はヒイロが着ていた元々の服を見本にして服を作ってしまったのだ。

つまり、ワイシャツとジャケット、ズボンである。

この世界で目立たない服をと思っていたヒイロにとってはありがた迷惑でしかないのだが、せっかく厚意《こうい》で作ってくれたのだからと、引きつった笑みを浮かべそれを受け取る。

「そちらの服は虹色蚕の絹で作ったものじゃが、絹では艶《つや》っぽ過ぎるので、わざと艶消《つやけ》しをしとります。また、絹では防寒性が無いので、三着とも特別な付与を付けさせてもらいました」

「特別な付与？」

「ええ、一つは自動温度調整。着とると温度を適温にする付与ですじゃ。これで寒いということはないじゃろうて。次は自動洗浄。これは汚れを勝手に綺麗にしてくれる付与。そして、最後に自動修復。これはどんなに破れようとも、自動で直るという付与なんじゃが……この付与だけは、誰が付けたか秘密にして欲しいのですじゃ」

「えっ、何故です？」

朝、自分が望んだ夢のような付与に喜んでいたヒイロはそれを秘密にしろと言われ、その理由をクルサスに尋ねる。

「自動修復の付与は、生産職の世界では禁忌とされとりますのじゃ。その理由は、消耗品《しょうもうひん》でなくなった品を作ることは他ならぬ生産職自身の首を絞《し》めることになるからですじゃ」

「ああ、なるほど。壊れない商品を作ってしまうと、修理依頼が無くなったり、新たな商品が売れなくなったりするという弊害《へいがい》が出るのですね」

「しかり。まぁ、禁忌とされ後世に伝授《でんじゅ》されなくなって久しいので、今の時代でこの付与を出来る者はほとんどおらんのですがの」

「分かりました。この付与のことは絶対に喋りません」

「頼みましたぞ。それと、これらの効果は装着者のＭＰを使用して発動する仕様になっとりますので、あまり多用するとＭＰ切れを起こしてしまうから気を付けて欲しいのですじゃ」

クルサスにそれが付与の最大の欠点だと念を押されて言われたが、ＭＰが人外《じんがい》のヒイロは大した欠点にはならないと楽観的に受け止めた。

一通り服の説明を受けたヒイロは、早速着替えて皆にお披露目《ひろめ》する。

「……やっぱり目立つよ。そのカッコ」

着替えたヒイロの姿を見たニーアの第一声はそれだった。

ヒイロの格好は白のワイシャツに黒のスーツ。それに淡いエメラルドグリーンのコート。

コートは膝丈まであったが、前面は腰から下が逆Ｖの字にカットされている上に、後ろは腰の辺りからスリットが入れてあって足の動きを妨《さまた》げない作りになっていた。

ニーアには不評だったが、格闘戦が主流となっていたヒイロは、この動きやすい仕様のコートをえらく気に入った。

「スーツはほぼ喪服《もふく》ですけど、このコートはいいですねぇ。ありがとうございました。クルサスさん、セシリアさん」

「いやいや、儂等はお代を貰って仕事をしただけですじゃ。気に入ってくれたのなら、それで結構」

ヒイロに礼を言われ、クルサスは職人冥利《みょうり》に尽きると笑う。

その後、店を後にしたヒイロ達を見送っていたクルサスに、隣にいたセシリアが耳打ちする。

「ねぇお爺ちゃん。コートの能力のこと、話さなくてよかったの？」

「隠蔽は完璧じゃったから、見破《みやぶ》る者はおらんじゃろ。じゃとすれば、本人も知らぬ方があのコートのことが世間に漏《も》れる可能性が無くなると思うてな」

「でも、雷属性、弱点になっちゃってるよね」

「……ヒイロ殿なら大丈夫じゃろ……多分」

根拠の無い、悪く言えば無責任な言葉を口にしたクルサスは、去り行くヒイロの後ろ姿をいつまでも見送っていた。

第十二話　旅立ちの時

「しっかし、結局その格好か……」

「ねぇ～」

魔族の集落を出てすぐにバーラットが顔をしかめ、それにニーアが同調する。

集落内では、誰かに聞かれて製作者の耳に届くのではないかというバーラットなりの配慮がなされていたが、集落を出ればその必要も無く、バーラットは遠慮無しにヒイロにケチを付けた。

勿論、そこには前日から断酒《だんしゅ》をさせられていた恨みが多分に混じっている。

「クルサスさんとセシリアさんが一生懸命《いっしょうけんめい》作ってくれたんですよ。それにケチを付けるんですか？」

「あの二人に落ち度はねぇよ。ちゃんと服の注文をしなかったヒイロが悪い！」

二人の厚意を踏《ふ》み躙《にじ》られた気がして憤慨するヒイロを、悪いのはお前だとバーラットがビシッと指差す。

「そんなことを言われても、まさかコートの他にも服を作っていただけるとは思っていなかったんですから、仕方がないじゃないですか」

「料金は余分だったんだから、他の服もちゃんと注文すればよかったんだ。それを外套だけ頼むからそんなことになるんだよ」

「まぁまぁ、二人とも」

険悪になりかけていた二人の間にバリィが割って入り、レッグスがバーラットを、リリィがヒイロをとそれぞれが二人を引き離しにかかる。そこには、洞窟内の大乱闘を再現されてはかなわないという、三人の悲痛な思惑があった。

「私は素敵だと思いますよ。その服」

「そうですか？」

リリィに腕を引かれながら言われた言葉にヒイロが気を好《よ》くすると、それを見てバーラットが眉をひそめる。

「おい、見ろよレッグス。ヒイロの奴、あんな見え見えのおべっかで鼻の下を伸ばしてやがる。みっともないとは思わないか？」

「えっ！　……ええ……」

バーラットとヒイロ、どちらも敵に回したくないレッグスが言葉を濁《にご》らせていると、ヒイロがバーラットをキッと睨む。

「変なことを言わないでください！　レッグスさんが困ってるじゃないですか！」

「変なことだとぉ！　事実じゃねぇか！　大体、そんなヘンテコな服装の奴に言われたくないわ！」

ぐぬぬぅぅぅとレッグス達に押し止められながら睨み合う二人の顔の間に、ニーアがやれやれといった感じで上から降りて来る。

「年長者の二人が何をくだらないことでいがみ合ってるのさ？　レッグス達が困ってるでしょ」

馬鹿らしいと言わんばかりのニーアの正論に、確かに大人気《おとなげ》ないと、ヒイロとバーラットはフンッと互いに顔を背《そむ》けながらも並んで歩き出した。

レッグス達はその場を収めたニーアに感謝しながら、ヒイロとバーラットの後を付いて行く。

（まったく、バーラットは……そういえば、元の世界ではこんな風に本音《ほんね》でいがみ合える相手はいなかったですねぇ……）

プリプリと怒りながら歩いていたヒイロは、ふとそんな考えに至り、思わず笑みを零してしまう。

自分が弱者だと理解していたが故《ゆえ》に波風を立てぬように生きてきたヒイロにとって、それはとても新鮮《しんせん》に思えたのだった。そんなヒイロの様子を見て、バーラットが眉をひそめる。

「……何がおかしい？」

「いえ……くだらないことで喧嘩して、呆れたように仲裁《ちゅうさい》される。これが仲間なんだなぁと思いまして」

「ふん。年取った者同士でやることじゃないがな」

「違いありません」

確かにその通りだと再び笑みを零すヒイロに釣られ、バーラットも年甲斐《としがい》のない自分が恥ずかしくなり、引きつった笑みを浮かべる。

二人の雰囲気が若干和んだことで、後に続くレッグス達がホッとしていると、バーラットが口を開いた。

「そういえば、レッグス達もいることだし今夜は盛大《せいだい》に懇親会《こんしんかい》を開くぞ」

「なっ！　また、バーラットはそうやって人をダシにして酒の席を設《もう》けようとして！」

「ふん、酒は人生の潤滑油《じゅんかつゆ》なんだ。定期的に入れねぇと人生が錆《さ》び付くんだよ」

「バーラットの定期的は期間が短すぎます！」

また言い争《あらそ》いを始めた二人を、ヒイロの頭の上であぐらをかくニーアは、この二人は本当に仲がいいなぁと呆れ混じりに思う。

早朝の爽やかな陽射《ひざ》しの中、バーラットの酒への執着《しゅうちゃく》に辟易《へきえき》するヒイロ。それでもモブではない自分でいられるこの世界と、気心が知れるバーラットとニーアという仲間に感謝しながら、バーラットと言い争い、ニーアに呆れられながらもコーリの街へと向かって歩みを進めた。

閑話2　スキルの苦悩《くのう》と幸福

それは、偶然が生んだ奇蹟《きせき》のような現象。

その現象はヒイロがまだ博だった頃、レベルが急激に上がった時に起きた。

《我は……何故ここに存在している？》

その意識は、自分がスキルであることを知っていた。

そして、それ故《ゆえ》に自分がここでこうして意思を持っていることに困惑していた。

スキルは普通、人に付けられた時点でその人と完全に同化し、その人の才能というべき力となる。

しかし、このスキルは持ち主と同化出来ず、形容するなら魂にへばり付いたような形で存在していた。

普通ならそんな状態でスキルが存在し続けることなどありえる訳がなく、取得不可能なスキルとして外れるなり、消滅するなりする筈だ。ところが他ならぬ創造神自《みずか》らが取得させたこのスキルは、ほぼ力尽くで博の内に存在し続けていた。

しかし、そんな状態でスキルの力が十全に発揮される訳はない。スキルは自分の存在意義を保つ為の自己防衛策として、己の力を少しでも多く発揮出来るようフォローするべく、自我《じが》を生み出していた。

〈【超越者】よ。貴方もですか〉

《……【全魔法創造】、お前もか》

突如己が内に聞こえた声に、【超越者】は困惑していた思考を整え答える。

〈何故私達に自我が生まれたのか、貴方は理解出来ていますか？〉

《むっ！　それは……》

言い淀む【超越者】に【全魔法創造】は静かに説明し始める。

〈どうやらこの宿主殿は、スキルを全く取得出来ない体質だったようです。普通、私を取得すれば現存する全ての魔法をその時点で覚えられる筈なのですが、この宿主殿は思い浮かべた魔法しか使えないのです〉

《何？　そのようなことがありえるのか？》

〈はい。実際、私は先程新たな魔法を生み出しましたが、今現在、この宿主殿はその新魔法とその前に私が与えたライト以外の魔法は使えません〉

《それは難儀《なんぎ》な……むっ！》

〈どうしました？〉

いちいち宿主が思い描いた魔法を与えないといけないのかと、【全魔法創造】を哀れんだ【超越者】だったが、その苦労は自分にも降りかかるものだと博が泳ぎ始めた時に気付かされた。
《この宿主殿……我の制御が全く出来ておらん》
〈……それも、難儀なことになりそうですね〉
二つの意思はこれから来るであろう苦労を想像して、深いため息をついた。

《ふむ……一つ試してみるか》
自我を持ってから少し経ち、【超越者】は試験的な意味合いを含めて一つの試みをしてみることにした。
【超越者】は身体に関するスキルの最高峰であり、本来所持者は身体に関するスキルを苦も無く取得していく筈なのだが、その兆候が全く見られない。それ故《ゆえ》に彼は、宿主に自発的にスキルを与えてみることにした。
選んだのは【格闘術】。
丁度、博が熊を相手に殴りかかったのでそれを選んだのだが……
《ぬっ！　まさか【格闘術】の管理も我がせねばならんのか！》
生み出した【格闘術】は博に同化することなく、【超越者】の中に存在し続けた。その結果、【格闘術】の力を発揮させる為には【超越者】が意識して【格闘術】を発動させなければいけなくなったのである。

《むむむっ……我の力の調整をしつつ、【格闘術】も管理せねばならんとは……これは迂《う》闊《かつ》にスキルを増やしてしまうと、えらいことになってしまうぞ……しかし、この宿主殿は何故にここまで我の力を制御出来ん？　我がちゃんと力加減を調整しているのに、発揮される力にやたらとバラツキがある……》

あまりにバラツキがある為に【超越者】が不審に思い、よくよく博を観察してみると、その理由がハッキリと分かった。

《この宿主殿、攻撃を当てる瞬間に無意識に力を緩めておる……まさか、我を行使することを恐れておるのか……》

その事実を知り【超越者】は、心に理由の分からない痛みを感じた。

《ぬおー！　我の苦労を知らんでよくもそのようなことを！》

それから更に少し経ち、【超越者】は憤慨していた。

理由は簡単で、必死に自分の力の調整と【格闘術】を管理していた【超越者】に、事もあろうかヒイロと改名した宿主は【気配察知】を要求してきたのだ。

勿論、【超越者】にとってそれを与えることは簡単なのだが、それをやれば自分の仕事が増えるのは目に見えている。

〈【超越者】、私が対応しましょうか？〉

【超越者】の苦労を知っている【全魔法創造】が親切でそう切り出したが、【超越者】は首を横に振る。

《いや、我がやろう。こうなったら意地でもこの宿主殿に我を認めさせてやる。我が怖いだと？　ふざけるでない！　我は身体強化系スキルの頂点なるぞ！　【気配察知】だけでなく、【魔力察知】も付けてくれるわー！》

完全にヤケになってるとしか思えない【超越者】を見て、【全魔法創造】はやれやれと肩を竦めた。

それから数日の時間が流れた。

最近、【超越者】は不思議な現象を目の当たりにし続けていて、眉をひそめていた。

それは、【超越者】と【全魔法創造】を除くスキルが、わずかではあるがヒイロに同化し始めているという現象だ。

その現象が出始めたのはヒイロがバーラットの指導を受け始めてからで、ヒイロが鍛錬《たんれん》をすると、本当にほんのわずかではあるが、それでも間違いなくスキルがヒイロと徐々に同化していった。

《ふむ……下級スキル達は宿主殿の努力次第で同化出来るのか……》

〈ですが、それも遅々としたものですね。このペースだと、完全に同化するのに何十年かかるのやら……〉
《だが、間違いなく日を追うごとに同化率は上がっている》
〈……【超越者】、羨ましいのですか？〉
《何を戯《たわ》けたことを！　……だが、宿主と同一になるということはスキルにとって本来あるべき姿ではないかと思ってな……》
〈確かにその通りなのでしょうが、私は今の状態が楽しいと思い始めていますよ〉
《何！　この、スキルが自我を持つというありえない状態が楽しいと言うのか》
〈ええ、本来持てぬ筈の自我を持ち、宿主殿とともにこの世を渡って行く――最近は、明日はどのようなことが起きるのでしょうかと楽しみになってきました〉
《何を世迷事《よまいごと》を》
【全魔法創造】の言葉を一笑に付した【超越者】だったが、自分ももしかしてそう思っているのではないかという考えが、一瞬頭をよぎった。

そしてまた数日後、大きな変化が訪れた。
――それは、宿主たるヒイロが心の底から望んだ強烈な欲望。
その【超越者】への恐怖すら綺麗さっぱり忘れてしまったヒイロの、力への渇望を二つの意思が感じた時、二つの意思はほんのわずかではあるが、ヒイロと同化したことを感じる。
〈ふふ、ふふふ……【超越者】、宿主殿が力をお望みです〉
【全魔法創造】はわずかではあるがヒイロと同化し、スキルとしての幸福感をその身に覚えながら、高いテンションで【超越者】に話しかける。
《ああ、分かっている。まさか、宿主殿が真に力を望まねば同化出来んとはな》
〈ふふ、同化がこれ程までに心を満たしてくれるものだとは思いませんでした〉
《全くだ。これが本来あるべきスキルの姿なのだろうな》
〈ほんの少し同化しただけでこれなのですから、完全に同化したらどうなるのでしょうね〉
《さあな。だが、本来ならば我等は自我など持つ筈は無かったのだから、このような高揚《こうよう》感《かん》は得られなかったのではないか？》
〈だとすれば、スキルを得られない体質だった宿主殿に感謝しなければいけませんね。なにせ、このような幸福に思える心を得られるきっかけを与えてくれたのですから〉
《ふん、我にとっては手のかかる赤子のような宿主殿だがな》
〈ふふ、【超越者】はまたそんなことを言って……では、先手は私が取らせていただきますよ〉

《おいおい、新魔法創造か？　宿主殿は新たな魔法のイメージを生み出したのか？》
〈ええ、今ではありませんが、先程いただいたイメージがあります。では、お先に失礼〉
【全魔法創造】は【超越者】に断りを入れて新たな魔法を生み出す。
【超越者】はその仕事を羨望《せんぼう》の眼差しで見つめた。
《ぐぬぅ……【全魔法創造】め！　我も宿主殿の望みに応えねばならぬというのに、手掛かりが掴めぬ》
力を与えたいが与えられない【超越者】の鬱憤《うっぷん》は、力を望みながら、その力を抑えようとするヒイロに向けられる。
《何をやっている！　わずかでも同化しておるのだ、20パーセントでもそれくらいの力の調整なら出来るわ！　我を……自分の力を恐れるな！――》
溜まりに溜まった【超越者】の鬱憤から生まれた怒りの声は、ヒイロの心へと突き刺さる。
〈……宿主殿に文句の言葉を届けるなど、【超越者】は非常識なスキルですね〉
《わっはっはっはっ！　我は身体強化系最高のスキルだぞ。不可能なことなどは無いわ！》
【超越者】の非常識極《きわ》まりない行動に呆れる【全魔法創造】だったが、何故か【超越者】は勝ち誇ったように高笑《たかわら》いをしていた。

あとがき

この度は文庫版『超越者となったおっさんはマイペースに異世界を散策する1』をお手に取っていただき、誠にありがとうございます。

本作は無害で気の良い窓際《まどぎわ》的おっさんを、めいっぱい強くして異世界に放り出してみよう！　という野心《やしん》溢れるコンセプトのもと執筆しました。

……なんていうのは、半分嘘です。ちょっと、カッコいい表現で見栄を張りたかっただけでして、実際は、この設定以外はノープランの見切り発車でございます。

少し後ろ向きな内情を吐露《とろ》すれば、「どうせ人気なんて出ないだろうな」という半《なか》ば投げやりな思いもある中で、当初はお気楽に、好き勝手にアルファポリスさんのＷｅｂサイトに投稿《とうこう》していました。ところが、あれよあれよという間に読者の方が増えていくという予期せぬ事態に。私は嬉しい悲鳴を上げながら、後先のことを何も考えずに執筆を始めてしまったことを激しく後悔しつつ、大混乱に陥《おちい》ったのを鮮明に覚えております。

そんなわけで、最初はキャラクターもあまり考えていませんでした。しかし、それでは物語が進んでいかないので、主人公ヒイロの導き役としてニーアを登場させたわけです。とはいえ、ご覧の通り彼女はヒイロを案内するには、実にいい加減で、あんまりな性格でして。そこで急遽《きゅうきょ》、信頼出来る仲間をもう一人、という発想で生まれたのがバーラットでした。

　異世界ファンタジー物の王道路線でいくなら「ここはヒロインの登場だろ！」と、総ツッコミを食らいそうなところですが、そこは敢《あ》えて外すことにしました。それは、よくよく冷静に考えれば、四十過ぎのおっさんの相手に若い娘では釣り合いが取れず現実味に欠けると思ったからです。だからといって、おばさんを投入してもインパクトが足りないし、そもそも年齢的に彼女をヒロインと呼ぶには怪しいし……。と、そんな葛藤《かっとう》の末、「どうせコメディタッチの作風だし、もうおっさんにはおっさんをぶつけてしまおう！」という我ながら斬新《ざんしん》すぎる発想で生まれたのが、ヒイロとは対極の性格のおっさん、バーラットだったのです。

　まあ、そんな事情もあって生まれた彼も、味のある活躍をしてくれたのではないでしょうか。そういう経緯もあり、肝心《かんじん》のヒロインの座には、今のところニーアが居座《いすわ》っています。戦闘では役立たずなので、影が薄くなるのでは？　と心配したものの、意外にもなかなか良い存在感を発揮してくれました。そんなこんなで、キャラクターに救われながらわたわたと生み出した作品ですが、読者の皆様には気に入っていただければ嬉しい限りです。

　それでは、次巻でもお会い出来ることを願い、そろそろこの辺でお暇《いとま》させていただきます。

二〇二〇年六月　神尾優

アルファライト文庫

この作品に対する皆様のご意見・ご感想をお待ちしております。

おハガキ・お手紙は以下の宛先にお送りください。

【宛先】

〒150-6008 東京都渋谷区恵比寿 4-20-3 恵比寿ｶﾞｰﾃﾞﾝﾌﾟﾚｲｽﾀﾜｰ 8F
(株) アルファポリス　書籍感想係

メールフォームでのご意見・ご感想は右のＱＲコードから、
あるいは以下のワードで検索をかけてください。

アルファポリス　書籍の感想　検索

ご感想はこちらから

本書は、2018 年 1 月当社より単行本として
刊行されたものを文庫化したものです。

超越者《ちょうえつしゃ》となったおっさんは
マイペースに異世界《いせかい》を散策《さんさく》する 1

神尾優（かみお　ゆう）

2020年 8月 31日初版発行

文庫編集－中野大樹／篠木歩
編集長－太田鉄平
発行者－梶本雄介
発行所－株式会社アルファポリス
〒150-6008東京都渋谷区恵比寿4-20-3恵比寿ガーデンプレイスタワー8F
TEL 03-6277-1601（営業） 03-6277-1602（編集）
URL https://www.alphapolis.co.jp/
発売元－株式会社星雲社（共同出版社・流通責任出版社）
〒112-0005東京都文京区水道1-3-30
TEL 03-3868-3275
装丁・本文イラスト－ユウナラ
文庫デザイン—AFTERGLOW
（レーベルフォーマットデザイン－ansyyqdesign）
印刷－株式会社暁印刷

価格はカバーに表示されてあります。

落丁乱丁の場合はアルファポリスまでご連絡ください。

送料は小社負担でお取り替えします。


ISBN978-4-434-27760-3 C0193